Fiona Kelly
Derby der Diebe

Mystery Club Band 24

Fiona Kelly

Mystery Club Band 24

Derby der Diebe

Aus dem Englischen
von Simone Wiemken

Ravensburger Buchverlag

Bibliografische Information Der Deutschen Bibliothek
Die Deutsche Bibliothek verzeichnet diese Publikation in der Deutschen Nationalbibliografie; detaillierte bibliografische Daten sind im Internet über *http://dnb.ddb.de* abrufbar.

Mit besonderem Dank an Derek Farmer

4 3 2 1 06 05 04 03

Originaltitel: „The Mystery Club 23 – Long Shot“

Original series created by Ben Baglio
Umschlagillustration: Max Schindler
Redaktion: Heike Brillmann-Ede
Printed in Germany

ISBN 3-473-34574-1

www.ravensburger.de

1

Verdacht auf der Rennbahn

„Geh in Deckung!“

Holly packte Tracy und schubste sie hinter die Tribüne.

„Was soll denn das?“, beschwerte sich Tracy.

„Tut mir Leid, aber er hätte uns fast gesehen.“

Holly spähte um die Ecke. Sie beobachtete einen großen dünnen Mann, der gemächlich durch die Menschenmassen rund um den Sattelplatz schlenderte. Er hatte eine dunkle Sonnenbrille auf und trug trotz der Hitze einen langen schwarzen Mantel und dazu einen schwarzen Hut mit breiter Krempe. Um den Hals hatte er einen weißen Seidenschal gebunden. Zwischen den bunt gekleideten Besuchern der Rennbahn, die das schöne Wetter genossen, wirkte er irgendwie fehl am Platz.

„Was macht er?“, flüsterte Tracy.

Er machte eigentlich nicht viel, aber soweit Holly Adams und Tracy Foster es beurteilen konnten, benahm er sich verdächtig. Holly und Tracy waren zwei der drei Mitglieder des Mystery Clubs. Belinda Hayes, die Dritte im Bunde, war schon vor einer ganzen Weile verschwunden – sie versuchte, sich Zutritt zu den Stallungen der Rennpferde zu verschaffen. Belinda war eine echte Pferde-

närrin; sie liebte Pferde fast noch mehr als Kriminalfälle. Holly und Tracy zogen dagegen jedem Pferd einen spannenden Fall vor.
Der dünne Mann schlenderte weiter zwischen den Zuschauern herum. Holly konnte sehen, dass er einigen von ihnen im Vorbeigehen etwas zuflüsterte.
„Vielleicht ist er ein Taschendieb“, sagte Tracy. „Lass mich auch mal sehen!“
Tracy versuchte, sich an Holly vorbeizudrängen, aber die Freundin versperrte ihr den Weg. Beide waren etwa gleich groß und sportlich. Holly sah aber mit ihren hellbraunen Haaren und den blauen Augen wesentlich unauffälliger aus als Tracy, die mit ihrem Blondschopf und ihrem strahlenden Lächeln stets alle Blicke auf sich zog. Doch wenn man jemanden beschattete, war ein unauffälliges Äußeres eindeutig von Vorteil.
„Warte“, sagte Holly. „Jemand spricht mit ihm.“
Ein Mann in einem verknitterten grauen Anzug war auf den anderen mit Hut zugegangen und unterhielt sich mit ihm. Nach ein paar Sekunden zog der Mann im Anzug ein dickes Banknotenbündel aus der Innentasche seines Jacketts. Gleichzeitig steckte ihm der mit dem Hut unauffällig einen braunen Briefumschlag zu. Dann verschwanden die beiden Männer in verschiedene Richtungen.
Holly hatte Tracy die ganze Zeit im Flüsterton auf dem Laufenden gehalten. Jetzt kehrte sie zu ihrer Freundin hinter die Tribüne zurück.
„Ich habe doch gleich gesagt, dass der Typ verdächtig ist“, sagte sie. „Los, komm, verfolgen wir ihn.“
Doch bevor die beiden die Verfolgung aufnehmen konn-

ten, ertönte eine laute Stimme. „He! Wo habt ihr denn gesteckt? Ich suche euch schon die ganze Zeit!"
Ein gereizt wirkendes Mädchen mit zerzaustem dunkelblondem Haar und Nickelbrille marschierte auf sie zu. Das war Belinda Hayes, die Dritte des Mystery Clubs. Belinda hatte drei Waffeln mit halb geschmolzenem Eis mitgebracht, denn Eiskrem liebten sie alle.
„Keine Zeit für Erklärungen", wiegelte Holly ab. „Wir sind einem Kriminellen auf der Spur."
„Und deswegen musste ich den ganzen Rennplatz nach euch absuchen?", maulte Belinda.
„Wenn wir das Eis nicht bald essen, ist nichts mehr davon übrig", bemerkte Tracy grinsend und schnappte sich die größte Eiswaffel.
„He! Das war meins!", empörte sich Belinda.
„Zu spät!" Tracy leckte gierig. „Es sei denn, du möchtest tauschen?"
Belinda verzog das Gesicht. „Meinst du, ich will mich vergiften?", knurrte sie und hielt Holly eine der beiden kleineren Eiswaffeln hin. „Hier, für dich."
„Muss das jetzt sein?", murrte Holly. „Wenn wir uns nicht beeilen, verlieren wir ihn."
Doch genau das war bereits passiert. Beide Männer waren in der Menschenmenge untergetaucht – was nicht weiter schwierig war, denn die Zuschauer waren zu tausenden gekommen, strömten zu den Wettschaltern, umlagerten die Erfrischungsstände oder suchten sich einen guten Platz, um das nächste Rennen zu sehen.
„Und was machen wir jetzt?", stöhnte Holly. „Er könnte überall sein!"
„Wer?", wollte Belinda wissen.

Holly berichtete, was sie beobachtet hatte.
„Und das hältst du für einen Kriminalfall?“, fragte Belinda abschätzig. „Du musst wirklich verzweifelt sein.“
Daran war etwas Wahres. Es waren schon einige Monate vergangen, seit der Mystery Club den letzten spannenden Fall gelöst hatte. Seitdem hatten sie sich mit Kriminalromanen begnügen müssen – das war besser als nichts, aber natürlich nichts im Vergleich zu einem echten Fall. Außerdem hatten die Romane den Nachteil, dass sie die Fantasie der drei anregten. Und das führte dazu, dass sie mittlerweile überall Verbrechen witterten.
„Ach?“, erwiderte Holly spitz. „Und wie erklärst du dir das Verhalten der Männer?“
„Ganz einfach“, sagte Belinda. „Der eine hat dem anderen Tipps verkauft.“
„Keine Drogen?“
„Tipps!“, wiederholte Belinda entschieden.
„Was für Tipps?“, fragte Tracy.
„Natürlich Tipps, welches Pferd das nächste Rennen gewinnt“, sagte Belinda. „In dem Umschlag war ein Zettel mit dem Namen eines Pferdes – was hattet ihr denn gedacht?“
„Wer würde für so etwas Geld ausgeben?“, wunderte sich Tracy.
„Das machen viele Leute“, erklärte Belinda. „Im Rennsport will jeder auf einen Sieger setzen, und es gibt Unmengen von Leuten, die glauben, Sieger erkennen zu können.“
„Das ist uns auch schon aufgefallen“, bemerkte Tracy grinsend.
Bisher hatte Belinda vor jedem Rennen behauptet, den

Sieger zu kennen, doch war noch keiner ihrer Favoriten unter die ersten drei gekommen.
„Das war nur Pech“, wehrte sich Belinda. „Aber beim nächsten Rennen habe ich ein gutes Gefühl. Kommt, sehen wir uns die Pferde an.“
Die meisten Jockeis waren schon aufgesessen, als Holly, Tracy und Belinda den Führring erreichten. In der Mitte des Rings standen die Besitzer und Trainer und diskutierten die Siegchancen ihrer Pferde. Jeder Trainer gab seinem Jockei letzte Anweisungen, bevor die ganze Gruppe auf die Bahn geführt wurde.
Doch noch war es nicht so weit und die Rennpferde drehten im Führring ihre Runden, damit auch der letzte Wettlustige Zeit hatte, seinen Tipp abzugeben.
„Sind das nicht die schönsten Tiere, die ihr je gesehen habt?“, seufzte Belinda. „Was würde ich für die Chance geben, sie mir aus der Nähe ansehen zu können!“
„Ich vermute, dass du die Stallungen nicht betreten durftest?“, fragte Holly.
„Stimmt. Am Eingang stehen zwei Typen in Uniform, die niemanden ohne Ausweis durchlassen“, erklärte Belinda. „Ich wette, es ist nur halb so schwierig, in den Buckingham Palast zu marschieren und die Königin zu besuchen.“
Als die Rennpferde auf die Bahn geführt wurden, hasteten alle Trainer und Besitzer von der Ringmitte auf die Tribüne, um von dort aus das Rennen zu verfolgen.
„Wir sollten auch gehen“, sagte Belinda. „Was haltet ihr davon, wenn wir uns diesmal direkt am Zielpfosten aufstellen?“
Doch auf diese Idee waren auch andere Besucher ge-

kommen. Hunderte strömten in dieselbe Richtung, und so würde es nicht leicht werden, einen guten Platz zu ergattern. Zwanzig Meter vor dem Zaun gaben Holly und Tracy auf. Belinda wollte aber näher am Geschehen sein. Mit einer Mischung aus roher Gewalt und Wendigkeit drängte sie sich ganz nach vorn und zog die Freundinnen hinter sich her.

„Und wer wird gewinnen?“, fragte Holly.

„Das sieht doch ein Blinder“, verkündete Belinda im Brustton der Überzeugung. „Der Schimmel natürlich – Crystal Dancer.“

„Woher weißt du das?“

„Eine Pferdeexpertin wie ich erkennt das schon an der Art, wie das Tier sich bewegt“, behauptete Belinda. „Crystal Dancer wird es allen zeigen.“

„So ein Pech“, stichelte Tracy, als Crystal Dancer sich als Vorletzte durchs Ziel schleppte.

„Sie muss einen schlechten Tag haben“, verteidigte Belinda ihre Favoritin. „Und überhaupt – auf wie viele Sieger habt ihr denn heute schon gesetzt? Ihr wisst doch noch nicht einmal, wo bei einem Pferd vorn und hinten ist!“

„Klar weiß ich das“, konterte Tracy. „Vorne ist da, wo man es füttert, und das hintere Ende ist der Teil, von dem man sich am besten fern halten sollte!“

„Da wir gerade vom Füttern sprechen“, unterbrach Holly die Zankerei. „Ich habe Hunger. Lasst uns das kostenlose Büfett plündern.“

Gesponsert wurden die Delikatessen von der Bank, für die Hollys Mutter arbeitete. Den bisher größten Teil ihres Lebens hatte Holly in London verbracht, als aber ihrer Mutter der Posten einer Filialleiterin in Willow Dale angeboten worden war, war die Familie Adams nach Yorkshire umgezogen. Hollys Vater hatte seinen Anwaltsberuf aufgegeben und widmete sich jetzt der Herstellung wunderschöner Möbel. Obwohl Holly und ihr Bruder Jamie all ihre alten Freunde zurücklassen mussten, hatten sie sich schnell eingelebt. Inzwischen kam es ihnen vor, als wäre Willow Dale schon immer ihr Zuhause gewesen.

An der Winifred-Bowen-Davies-Schule war Holly auf die Idee gekommen, einen Club für Krimifreunde zu gründen. Nur Tracy und Belinda hatten sich auf ihr Inserat in der Schülerzeitung gemeldet, aber seit diesem Tag waren die drei unzertrennlich. Dazu kam noch, dass sie schon bald in eine ganze Reihe echter Kriminalfälle verwickelt worden waren, die das Kleinstadtleben richtig aufregend machten.

In den letzten Monaten war allerdings nichts Besonderes passiert. Die drei Freundinnen hatten eine langweilige Schulwoche nach der anderen hinter sich gebracht. Das war auch der Grund dafür, dass Holly ihre Mutter angefleht hatte, sie zum Rennen mitzunehmen, als sie erfuhr, dass die Bank einige ihrer wichtigsten Kunden zu diesem Ereignis einladen würde.

Die drei waren gerade auf dem Weg zum Sponsorenzelt, als Belinda plötzlich quer über den Rennplatz brüllte.

„Jack! He, Jack! Hier bin ich!"

Sie rief nach einem jungen Mann in Jeans und einem grünen Pullover, der auf die Stallungen zueilte. Belinda rannte hinter ihm her.

„Was macht sie denn jetzt schon wieder?“, seufzte Tracy.
„Ich vermute mal, dass sie zu diesem Jack läuft“, bemerkte Holly grinsend.
„Gehen wir ihr nach“, sagte Tracy. „Sonst finden wir sie nie wieder.“
Jack Dillon erwies sich als netter Junge von siebzehn Jahren. Belinda hatte ihn im Laufe der letzten Jahre öfter getroffen, meistens auf Turnieren. Jetzt erfuhr sie, dass er auf dem Birkenhof arbeitete, einem Rennstall etwa zwanzig Kilometer außerhalb von Willow Dale.
„Heißt das, dass du ein Jockei bist?“, fragte Tracy.
„Noch nicht, aber ich hoffe, einer zu werden. Im Moment bin ich nur einer der Stallburschen“, erklärte er. „Rennen darf ich noch nicht reiten, aber wenigstens kann ich die Pferde trainieren und versorgen.“
„Wie viele Stallburschen gibt es denn auf dem Birkenhof?“, fragte Holly.
„Außer mir noch drei Mädchen.“
„Mädchen?“ Tracy runzelte die Stirn. „Die kann man wohl kaum als Burschen bezeichnen.“
Jack warf Belinda einen verwunderten Blick zu. „Macht deine Freundin Witze?“
„Nein“, sagte Belinda. „Aber sie kommt aus Kalifornien, und davon hat sie sich bisher noch nicht erholt. Doch daran gewöhnt man sich.“
Jack lächelte. „Das erklärt einiges. Warum besucht ihr mich nicht mal auf dem Hof?“
Das brauchte er Belinda nicht zweimal zu sagen. „Wie wär's am nächsten Wochenende?“, fragte sie.
„Soll mir recht sein“, sagte Jack. „Aber jetzt muss ich wieder an die Arbeit.“

„Kann ich mitkommen und dir helfen?“, fragte Belinda schnell. Vielleicht war das ihre Chance, den Pferden näher zu kommen.
„Tut mir Leid“, sagte Jack. „Aber ohne Ausweis kommst du nicht rein.“
Belinda machte ein enttäuschtes Gesicht.
„Nicht einmal mit dir?“
„Nicht einmal mit Norman Patterson.“
„Wer ist Norman Patterson?“
„Er ist der Trainer und er wird mich gleich anbrüllen“, sagte Jack, als ein breitschultriger, dunkelhaariger Mann mit Schnurrbart auf sie zukam. Man musste kein Genie sein, um zu merken, dass er wütend war.
„Freut mich, dass du Zeit zum Schwatzen hast“, schnauzte er Jack im Vorbeigehen an. „Ich werde dem Starter sagen, dass er das Rennen von Magic zehn Minuten aufschieben soll, damit du Zeit hast, sie zu satteln. Schließlich wollen wir nicht, dass dein Sozialleben unter deiner Arbeit zu leiden hat, nicht wahr?“
„Bin schon unterwegs, Mr Patterson“, rief Jack schnell.
„Ist der immer so?“, fragte Holly.
„Zurzeit schon.“ Jack verzog das Gesicht. „Im Stall läuft momentan einiges schief. Aber jetzt muss ich mich wirklich um Magic kümmern.“
„Wie ist sie?“, fragte Belinda.
„Ziemlich gut. Falls ihr wetten wollt, kann ich euch nur empfehlen, im letzten Rennen auf sie zu setzen. Sie ist das beste Pferd, das wir haben. Allerdings werden wir sie nicht mehr mit nach Hause nehmen, wenn sie heute gewinnt.“
„Wieso nicht?“, wunderte sich Holly.

„Weil das letzte Rennen ein Verkaufsrennen ist“, erklärte Jack. „Der Sieger geht nach dem Rennen automatisch zur Auktion. Und uns wird ganz sicher jemand überbieten, denn diese Stute ist ihr Geld wert. Außerdem ist sie das einzige Pferd im Rennen, das etwas taugt.“

Plötzlich begannen Holly, Tracy und Belinda zu strahlen. Das war genau das, worauf sie gehofft hatten – ein sicherer Sieger, auf den sie wetten konnten. Dafür mussten sie aber zuerst Mr Adams finden, damit er die Wette für sie platzierte.

Mr Adams runzelte die Stirn, als die Mädchen ihm erklärten, was sie vorhatten.

„Ihr wollt dreißig Pfund auf ein Pferd setzen?“, fragte er ungläubig.

„Es ist vollkommen risikolos“, versicherte Holly ihm.

„Das stimmt“, unterstützte Belinda sie. „Wir haben es direkt aus dem Mund des Pferdes. Oder genauer gesagt, direkt aus dem Mund des Pflegers, der sich um die Stute kümmert.“

Mr Adams schüttelte den Kopf. „Ich finde trotzdem, dass das zu viel Geld ist.“

„Aber Dad, du musst für uns wetten. Wir sind noch nicht alt genug dazu.“ Holly hakte sich bei ihrem Vater ein. „Bitte!“

„Warum setzt ihr nicht einen Fünfer? Nur so zum Spaß?“

Tracy ergriff seinen anderen Arm. „Aber Mr Adams – der Tipp ist todsicher.“

Wenn er einen dritten Arm gehabt hätte, hätte sich auch

Belinda bei ihm eingehakt. „Kommen Sie mit und sehen Sie selbst“, drängte sie stattdessen.
Gegen die vereinten Kräfte des Mystery Clubs war Mr Adams machtlos und so stimmte er schließlich widerstrebend zu, die drei durch die Menschenmenge zum Führring zu begleiten.
Als die Pferde für das letzte Rennen hereingebracht wurden, zeigten die Mädchen Mr Adams stolz ihre Favoritin Magic.
„Da ist sie“, rief Holly aufgeregt. „Nummer neun – meine Glückszahl –, und sie wird von Jack geführt.“
„Wie stehen ihre Quoten?“, fragte Tracy.
„Drei zu eins“, berichtete Holly. „Wenn wir ein Pfund auf ihren Sieg setzen und sie gewinnt, kriegen wir drei Pfund zurück.“
„Sehen Sie sich nur an, wie sie sich bewegt“, schwärmte Tracy Mr Adams vor. „Das verrät alles. Schon am Schritt erkennt man den Sieger. Stimmt's nicht, Belinda?“
Belinda antwortete nicht. Sie beobachtete gerade ein ganz anderes Pferd.
„Belinda – sag was!“, zischte Tracy. „Sag ihm, dass Nummer neun gewinnen wird.“
„Nummer drei“, sagte Belinda.
„Nein, Nummer neun, Magic“, verbesserte Holly sie.
„Nummer drei!“, wiederholte Belinda. „Er wird siegen. Seht euch nur an, wie er sich bewegt – als hätte er Sprungfedern unter den Hufen. Wie heißt er?“
Mr Adams sah im Rennprogramm nach. „After Dark.“
„Der kann nicht gewinnen“, behauptete Tracy. „Magic wird ihm die Hinterhufe zeigen.“
Aber Belinda ließ sich nicht beirren. „Ich sage, dass After

Dark gewinnen wird." Sie sah den glänzenden Fuchs bewundernd an. Er hatte eine auffallende breite Blesse und seine kleinen Ohren waren aufmerksam gespitzt, als er graziös im Führring seine Runden zog.
„Darf ich dich daran erinnern, dass du heute noch keinen einzigen Sieger getippt hast?", bemerkte Tracy.
„Nun, aber jetzt tippe ich auf einen", erwiderte Belinda.
Mr Adams wurde allmählich ungeduldig. „Wenn ihr euch nicht einigen könnt, solltet ihr vielleicht gar nicht wetten."
„Gib uns noch eine Sekunde." Jetzt übernahm Holly das Kommando. „Belinda, hör zu", zischte sie. „Tracy hat Recht. Du hast bisher bei jedem Rennen falsch geraten. Es ist viel vernünftiger, wenn wir uns an Jacks Tipp halten."
Belinda wollte protestieren, aber Holly ließ sie nicht zu Wort kommen. „Außerdem bist du zwei zu eins überstimmt." Sie sah wieder ihren Vater an. „Wir haben uns entschieden. Wir wetten auf Magic."
Mr Adams nahm das Geld der Mädchen.
„Von mir aus", sagte er. „Aber gebt nicht mir die Schuld, wenn ihr verliert."

Der Gedanke, neunzig Pfund zu gewinnen, machte das Rennen besonders aufregend. Der Start fand außer Sichtweite statt, aber der Kommentator hielt alle Zuschauer auf dem Laufenden.
„Sie sind gestartet!" Seine Stimme hallte aus dem Lautsprecher und löste einen erwartungsvollen Aufschrei bei den Zuschauern aus. „Magic übernimmt die Führung."
Holly und Tracy strahlten.

Die nächsten paar hundert Meter hatte Magic die Nase vorn.

„Los, Magic!", schrien Holly und Tracy aus Leibeskräften.

Tracy versetzte Belinda einen Stoß in die Rippen. „Siehst du? Ich sagte doch, dass sie gewinnt!"

Als aber die Pferde in die Zielgerade einbogen, wendete sich das Blatt.

„Magic scheint zurückzufallen", verkündete der Ansager. Und tatsächlich – Magic machte den Eindruck, als wäre sie am Ende ihrer Kräfte.

Die Stimme des Sprechers wurde hektischer. „Jake's Pride übernimmt die Führung, aber da kommt After Dark auf der Außenbahn."

„After Dark?", schnaufte Tracy und sah Belinda fassungslos an.

„After Dark liegt jetzt auf dem zweiten Platz und holt weiter auf", verkündete der Ansager.

„Los, After Dark, schneller!", schrie Belinda.

Holly und Tracy sahen sie an, als hätte sie den Verstand verloren.

„Nur noch zweihundert Meter, und After Dark liegt eine Kopflänge vorn!", berichtete der Sprecher.

Damit war das Rennen entschieden, und der hübsche Fuchs mit der breiten Blesse stürmte schließlich sechs Längen vor dem Rest des Feldes durchs Ziel. Magic landete abgeschlagen auf dem vierten oder fünften Platz.

„Ha!", jubelte Belinda. „Und wer ist jetzt der Pferdekenner? Ich habe euch doch gesagt, dass After Dark gewinnen würde. Und genau das hat er!"

„Ja, das hat er, du doofe Nuss!", fauchte Tracy. „Er hat

gewonnen – und wir haben verloren! Unser ganzes Geld ist weg!“

Belinda erstarrte.

„Oh nein!“, stöhnte sie. „Das hatte ich ganz vergessen! Wartet nur, bis ich Jack erwische! Der kann was erleben!“

2

Wer bietet mehr?

Sofort nach dem Ende des letzten Rennens strömten die meisten Besucher in Richtung Parkplatz. Viele hatten sich aber auch um den Absattelplatz des Siegers versammelt, um zuzusehen, wie After Dark versteigert wurde. Zu ihnen gehörten auch Mrs Adams und einige ihrer Bankkunden. Mr Adams und die Mädchen gesellten sich zu ihnen.

„Was macht ihr denn für lange Gesichter?“, fragte Hollys Mutter.

„Die drei haben gerade gelernt, dass es so etwas wie einen sicheren Sieger nicht gibt“, erklärte ihr Mann.

„Ich verstehe“, sagte Mrs Adams lächelnd. „Und jetzt könnt ihr noch etwas lernen. Kratzt euch während einer Auktion nicht am Kopf, sonst könnte es passieren, dass ihr etwas kauft, was ihr eigentlich gar nicht haben wollt.“

„Also, ich würde ihn gern kaufen“, verkündete Belinda und sah After Dark sehnsüchtig an.

„Ich bezweifle, dass du ihn dir leisten kannst, junge Dame“, sagte ein vornehm aussehender Herr, der neben Mrs Adams stand.

„Dad, wer ist das?“, flüsterte Holly ihrem Vater zu.

Mr Adams rückte näher an sie heran.

„Das ist Jackson Waldgrave. Einer der reichsten Kunden der Bank. Er hat sein Geld mit Grundstücksgeschäften verdient. Aber er liebt den Rennsport und hat sogar ein paar eigene Rennpferde."

„Wollen Sie mitbieten?", fragte Hollys Mutter Mr Waldgrave.

„Ich weiß noch nicht recht", sagte er, um dann leiser hinzuzufügen: „Ehrlich gesagt, weiß ich nicht genug über das Pferd, Mrs Adams. Er ist natürlich gerade sehr gut gelaufen und hat vor einigen Monaten auch ein eher unbedeutendes Rennen in Irland gewonnen, aber es bleibt trotzdem ein Risiko. Dazu kommt noch, dass sein derzeitiger Besitzer und der Trainer ihn sicher behalten wollen, wenn er wirklich so gut ist."

„Und wer sind diese Leute?"

Jetzt flüsterte Mr Waldgrave beinahe. „Der Besitzer ist irgendeine Firma, und was den Trainer angeht ..." Er tippte sich mit dem Finger an die Nase. „Ein kleines Vögelchen hat mir zugezwitschert, dass er einen gewissen Ruf hat. Mehr brauche ich wohl nicht zu sagen."

Mrs Adams hob die Brauen und nickte wissend.

Hollys Neugier war geweckt. „Frag doch mal, ob der Trainer hier ist", flüsterte sie ihrer Mutter zu.

„Ich glaube, das ist der in dem karierten Jackett", murmelte Jackson Waldgrave, als Mrs Adams die Frage ihrer Tochter an ihn weitergab.

Holly betrachtete den Mann, auf den Waldgrave gezeigt hatte. Er war klein und drahtig, hatte schwarzes Haar und eng zusammenstehende Augen. Er lehnte am Tisch des Auktionators und sah sich ungeduldig um, als wartete er darauf, dass die Versteigerung endlich anfing.

Als der Auktionator mit seinem Hammer auf den Tisch klopfte, um die Anwesenden zur Ruhe zu mahnen, richtete sich der Trainer auf und nickte jemandem auf der anderen Ringseite kaum merklich zu. „Sehr verehrte Damen und Herren, wir kommen jetzt zur Versteigerung von After Dark. Zweifellos haben Sie alle den beeindruckenden Sieg bei seinem ersten Rennen in England gesehen." Der Auktionator fuhr fort, möglichen Interessenten zu erklären, dass das Pferd aus Irland kam, und erläuterte seine Abstammung, bevor er um ein Eröffnungsgebot bat.

„Fünftausend!" Die Stimme ertönte nur wenige Meter neben Holly. Diese sah sich um und stellte fest, dass Jackson Waldgrave seinen Hut abgenommen hatte und ihn hochhielt.

„Fünftausendfünfhundert", rief der Mann im karierten Jackett, der immer noch einen gelangweilten Eindruck machte.

„Sechstausend!", überbot ihn Jackson Waldgrave.

„Sechstausendfünfhundert", sagte der Mann im karierten Jackett.

„Siebentausend!", rief jemand von der anderen Seite des Rings.

Der neue Bieter war ein Mann mittleren Alters, der eine grüne Wachsjacke trug. Er hatte seinen Preis mit einer zusammengerollten Zeitung angezeigt. Doch er wurde sofort überboten.

„Siebenfünf!"

Alle schauten in die Richtung, aus der die neue Stimme gekommen war. Ein großer, älterer Mann mit einem roten Gesicht stand dicht am Ring und stützte sich

schwer auf seinen Regenschirm. Neben ihm stand Norman Patterson, der Trainer, der vor dem letzten Rennen mit Jack geschimpft hatte.
„Vielen Dank, Major Douglas", sagte der Auktionator. „Damit steht das Gebot jetzt bei siebentausendfünfhundert."
Er sah Jackson Waldgrave erwartungsvoll an, doch der Grundstücksmakler schüttelte nur den Kopf und wandte sich ab.
„Darauf lasse ich mich nicht ein", erklärte er Mrs Adams. „Das sieht nach einer Familienfehde aus."
„Eine Familienfehde?", wiederholte Mrs Adams.
„Der Mann mit der zusammengerollten Zeitung ist Alec Patterson, der Bruder des Mannes, der bei Major Douglas steht. Und zwischen den beiden kann von brüderlicher Liebe keine Rede sein, das können Sie mir glauben. Sie würden alles tun, um dem anderen eins auszuwischen. Sehen Sie nur zu – die beiden werden den Preis bis in den Himmel treiben."
Holly stieß Belinda und Tracy an. „Habt ihr das gehört?", flüsterte sie.
Belinda nickte.
„Das ist ja viel spannender als die Rennen", bemerkte Tracy grinsend.
„Geboten sind siebentausendfünfhundert von Major Douglas vom Birkenhof." Selbst aus der Stimme des Auktionators war jetzt eine gewisse Anspannung herauszuhören. „Das war doch sicher nicht das letzte Gebot."
„Achttausend!" Der Mann in der Wachsjacke hob wieder seine Zeitung.
„Achtfünf!", konterte der Major.

„Neuntausend!“ Die zusammengerollte Zeitung war wieder oben.
Norman Patterson nickte dem Major zu, und dieser gab ein weiteres Gebot ab.
„Neuntausendzweihundertfünfzig!“
Major Douglas und Alec Patterson überboten sich immer weiter, bis sie bei fünfzehntausend angekommen waren. Dann legte Norman Patterson dem Major eine Hand auf den Arm.
„Keine weiteren Gebote“, befahl er so laut, dass es jeder hören konnte. „Lassen Sie den Dummkopf das Pferd mitnehmen. Es ist nicht einmal die Hälfte wert.“
Da der Auktionator offenbar fürchtete, dass Alec Patterson sein letztes Gebot zurückziehen würde, hob er schnell seinen Hammer und schlug ihm das Pferd zu.
„Verkauft an Mr Alec Patterson“, sagte er. „Für fünfzehntausend. Herzlichen Glückwunsch, Sir. Ein sehr guter Kauf.“
Norman Patterson lachte gehässig. „Niemand, der seine Sinne beisammen hat, würde fünfzehntausend für diesen Klepper ausgeben“ verkündete er. Ich würde den Gaul nicht einmal geschenkt nehmen.“
„Warum haben Sie dann für ihn geboten?“, fragte eine Frau, die in seiner Nähe stand.
„Um den Preis hoch zu treiben. Und der Dummkopf ist darauf hereingefallen.“
„Sie sollten sich schämen!“, fuhr die Frau ihn an.
„Solche Gefühle sind ihm fremd“, rief Alec Patterson wütend quer über den Ring.
Etliche Zuschauer stimmten ihm zu. Die Stimmung heizte sich spürbar auf.

„Bitte, meine Damen und Herren", versuchte der Auktionator zu beschwichtigen. „Die Versteigerung ist vorbei, und ich muss Sie bitten, Ruhe zu bewahren."
Doch er verschwendete seinen Atem, denn Alec Patterson marschierte bereits durch die Menschenmenge auf seinen Bruder zu. „After Dark ist also ein Klepper, wie?", fragte er drohend.
„Das wirst du schon bald selbst merken", spottete Norman Patterson. „Wie fühlt es sich denn an, wenn alle wissen, was du bist – ein Trainer, der nicht einmal einen Esel darauf trainieren kann, eine Karotte zu fressen?"
„Was hast du gesagt?"
„Bitte, Norman." Major Douglas zupfte schwächlich an Norman Pattersons Ärmel. „Lassen Sie uns gehen. Wir wollen keinen Ärger."
„Lassen Sie mich los, Sie alter Mann", fauchte Patterson ihn an. „Damit werde ich schon fertig."
„Du wirst doch mit gar nichts fertig", höhnte sein Bruder. „Das ist ja auch der Grund, warum ich dich gefeuert habe."
Im nächsten Augenblick gingen die beiden aufeinander los.
Major Douglas versuchte, sich zwischen die Streithähne zu drängen, verlor dabei aber das Gleichgewicht und stürzte zu Boden. Mehrere Leute sprangen vor, um ihm aufzuhelfen. Andere trennten die zerstrittenen Brüder und hielten sie fest.
„Was ist los mit Ihnen beiden?", fragte Jackson Waldgrave empört. „Ihr Benehmen ist wirklich das Letzte!"
„Halten Sie sich da raus!", knurrte Alec Patterson.
„Ganz meine Meinung", bestätigte Norman Patterson.

Er befreite sich von den Leuten, die ihn festhielten und sah Major Douglas an. „Sie haben sich doch nichts gebrochen?"
„Nein, nein, alles in Ordnung", erwiderte der Major.
„Und das hat er nicht Ihnen zu verdanken", verkündete Jackson Waldgrave.
„Er wäre nicht hingefallen, wenn er weniger getrunken hätte", knurrte Alec Patterson gehässig. „Das Einzige, was der sich brechen könnte, ist die Schnapsflasche in seiner Tasche."
„Jetzt hören Sie mal ..."
„Es stimmt doch", verteidigte sich Alec Patterson. „Wenn er nüchtern gewesen wäre, hätte er meinen Bruder niemals eingestellt."
Einen Moment lang sah es so aus, als wollten die Brüder wieder aufeinander losgehen, aber Jackson Waldgrave stellte sich rechtzeitig zwischen sie. Die beiden Pattersons funkelten sich ein paar Sekunden lang wütend an. Dann machten sie auf dem Absatz kehrt und marschierten davon.
„Vielen Dank, Mr Waldgrave." Major Douglas schüttelte dem Makler die Hand. „Das weiß ich wirklich zu schätzen." Unsicheren Schrittes folgte der Major Norman Patterson.
„Es ist furchtbar, was mit dem Mann passiert", sagte Mr Waldgrave zu Hollys Mutter, als sie wieder im Sponsorenzelt waren. „Wirklich furchtbar. Major Douglas war ein hervorragender Trainer. Ich habe sogar einmal mit dem Gedanken gespielt, mit ihm ins Geschäft zu kommen. Aber sehen Sie sich nur an, was aus ihm geworden ist!"

„Wo liegt denn das Problem?“, fragte Mrs Adams und schenkte den wenigen Gästen, die noch da waren, Kaffee ein. Die Mädchen machten sich derweil über die Reste des kalten Büfetts her. Dabei versuchten sie, sich nicht anmerken zu lassen, dass ihnen kein Wort entging.
„Es fing alles vor ein paar Jahren an, als er aus dem Süden hierher gezogen ist“, erklärte Jackson Waldgrave. „Major Douglas wollte einen kleineren Trainingsstall haben – immerhin ist er nicht mehr der Jüngste. Da keine geeignete Stallanlage zu finden war, hat er schließlich den Birkenhof gekauft und ihn umgebaut. Das Problem war nur, dass die Umbauten viel teurer waren, als er gedacht hatte. Er hat zwar neue Ställe bauen lassen, aber für mehr reichte das Geld nicht. Zum Glück ist das Haus so groß, dass er darin ein Büro einrichten und auch die Angestellten unterbringen konnte. Sehr luxuriös ist es nicht gerade, aber im Grunde hat er ein solides Unternehmen geführt.“
„Hat er denn nicht versucht, ein Darlehen zu bekommen?“ Von Pferden hatte Mrs Adams keine Ahnung, aber in Gelddingen kannte sie sich aus.
„Ich selbst habe ihm eins angeboten“, sagte Jackson Waldgrave lächelnd. „Aber er hat abgelehnt. Er war überzeugt, dass die Gewinne aus seinem Unternehmen ausreichen würden, um alles zu bezahlen. Und das hätte sicher geklappt – wenn nicht dieser Unfall passiert wäre.“
„Ein Unfall?“, fragte Mrs Adams.
„Sein bestes Pferd brach sich ein Bein und musste eingeschläfert werden. Der Major hat sich selbst die Schuld daran gegeben. Er wurde depressiv und fing an, mehr zu trinken, als er verträgt.“

„Nach allem, was ich heute gesehen habe, trinkt er tatsächlich viel mehr, als er verträgt“, bemerkte Mrs Adams.
Doch davon wollte Jackson Waldgrave nichts hören. „Nein, das kann man nicht sagen“, behauptete er. „Bis vor kurzem hatte er seinen Alkoholkonsum durchaus unter Kontrolle. In den letzten Monaten ist es allerdings stetig schlimmer geworden mit ihm. Ein oder zwei Besitzer haben ihre Pferde bereits zu anderen Trainern gebracht.“
„Das hat seine Depression sicher nicht verbessert“, bemerkte Mrs Adams.
„Nein, sicher nicht“, bestätigte Jackson Waldgrave.
„Und wer war der Mann, der bei ihm war?“ Endlich stellte Mrs Adams die Frage, die auch Holly brennend interessierte.
„Patterson?“ Jackson Waldgrave trank seinen Kaffee aus. „Es ist schwierig, einen Trainingsstall zu führen, wenn man so alt ist wie der Major – vor allem, wenn es einem nicht gut geht. Er brauchte Hilfe. Patterson hatte sich gerade mit seinem Bruder zerstritten, und der Major hat ihn eingestellt. Aber seitdem ...“ Jackson Waldgrave verstummte. „Wahrscheinlich habe ich schon zu viel gesagt“, murmelte er, stand auf und zog seine Jacke an. „Aber auf dem Birkenhof geht Merkwürdiges vor sich. Ich wüsste zu gern, was es ist.“
„Habt ihr das gehört?“, fragte Holly ihre Freundinnen auf dem Weg zum Parkplatz. „Mir scheint, wir haben einen neuen Fall.“
„Zumindest sollten wir ein paar Nachforschungen anstellen“, bestätigte Belinda. „Und dazu haben wir die

perfekte Gelegenheit, wenn wir am nächsten Wochenende zum Birkenhof fahren, um Jack zu besuchen."

Kurz nach zehn machten sich Holly, Tracy und Belinda am darauf folgenden Sonntag auf die beschwerliche Radtour zum Birkenhof. Er lag rund zwanzig Kilometer entfernt, und da es fast immer bergauf ging, war es fast Mittag, als die drei endlich verschwitzt und außer Atem ihre Räder durchs Tor schoben.
Auch wenn Jackson Waldgrave es nicht erwähnt hätte, hätten sie auf den ersten Blick erkannt, dass der Hof ursprünglich kein Rennstall gewesen war. Das Wohnhaus war riesig, ein enormes Gebäude, das früher einmal großartig gewirkt haben musste. Heute allerdings war es einfach unmodern. Rund ums Haus standen diverse Nebengebäude, in denen früher Futtermittel und Vieh untergebracht waren. Vor dem Haus gab es einen großen Parkplatz, der an einen etwa dreißig mal dreißig Meter großen gepflasterten Hof angrenzte. Jenseits des Hofs lag ein kleiner Pferdeauslauf und dahinter erstreckte sich kilometerweit offenes Land. Zu beiden Seiten des Hofs waren Stallgebäude errichtet worden.
Sie sahen ziemlich neu aus – praktische Gebäude aus rotem Stein mit überdachten Gehwegen vor den Boxen. In jedem Gebäude waren etwa zehn Boxen mit geteilten Türen. Etwa drei Viertel der oberen Türhälften standen offen und erlaubten einen Blick auf die Rennpferde.
Als die Mädchen sich umsahen, fiel ihnen die Stille auf dem Hof auf. Natürlich wurden sie von dem runden Dutzend Pferde neugierig gemustert, aber davon abgesehen schien die Anlage menschenleer zu sein.

„Wo sind die denn alle?“, fragte Belinda. „Arbeitet hier niemand?“
„Machst du Witze?“, rief jemand. „Wir arbeiten immer. Vor allem sonntags.“
Jack Dillon kam mit zwei schweren Eimern auf sie zu.
„Wieso sonntags?“, fragte Tracy.
„Weil am Sonntag die Hälfte der Leute frei hat – was bedeutet, dass die, die zurückbleiben, doppelt so hart arbeiten müssen.“ Er setzte die Eimer ab. „Außerdem hätte ich nach dem, was auf der Rennbahn passiert ist, nicht damit gerechnet, dass ihr tatsächlich kommt.“
„Wegen dir haben wir dreißig Pfund verloren!“, warf Belinda ihm vor.
„Ich habe fast genauso viel eingebüßt.“ Jack verzog schmerzlich das Gesicht. „Aber ich dachte eher an das, was nach dem Rennen passiert ist.“
„Meinst du den Streit zwischen den Patterson-Brüdern?“, fragte Tracy. „Der hat uns in unserem Entschluss herzukommen nur bestärkt.“
„Worum ging es dabei eigentlich?“, wollte Holly wissen. Sie wollte endlich erfahren, ob es sich lohnte, in diesem Fall zu ermitteln.
Jack sah sich besorgt um. „Lasst uns lieber nicht hier darüber reden“, sagte er. „Ich will nicht, dass Patterson was hört. Kommt mit, ich stelle euch dem Rockstar vor.“
„Klingt spannend“, sagte Holly.
„Mach dir nicht zu viele Hoffnungen“, sagte Jack. „Rockstar ist ein Pferd.“
„Was auch sonst“, murmelte Tracy enttäuscht.
Jack führte die Mädchen zu einer der Boxen. An der Wand angebunden stand ein nervös aussehender Fuchs.

„Das ist Rockstar.“ Jack entriegelte die untere Türhälfte und bedeutete den Mädchen einzutreten. „Geht nicht zu nahe ran“, warnte er. „Er ist ziemlich reizbar.“
„Wie ein echter Rockstar“, bemerkte Tracy.
„Und wie Norman Patterson“, fügte Holly hinzu.
„Das stimmt“, sagte Jack. „Mr Patterson reagiert auf jeden gereizt, aber vor allem auf seinen Bruder.“
„Warum?“ Belinda hatte sich bereits eine Bürste gegriffen und putzte Rockstar sanft. Das Pferd blieb gelassen stehen und schien die Behandlung zu genießen.
„Anscheinend mag er dich“, bemerkte Jack.
„Belinda hat eben ein Händchen für Pferde“, sagte Holly. „Was ist denn nun zwischen den Patterson-Brüdern?“
Jack erzählte ihnen, dass die Pattersons jahrelang zusammen Pferde trainiert hatten. Sie waren zwar nicht brillant gewesen, hatten aber ein solides Unternehmen geführt. In finanzielle Schwierigkeiten waren sie erst geraten, als sie sich Geld geliehen hatten, um neue Ställe zu bauen. Und bei einem Rennen in York vor einigen Monaten war es plötzlich zum großen Krach zwischen den beiden gekommen, woraufhin Norman Patterson seinen Bruder verlassen hatte. Kurze Zeit später hatte er sich dann bereit erklärt, für Major Douglas zu arbeiten.
Jack griff nach dem Besen, der in einer Ecke der Box an der Wand lehnte. „Aber nun haben wir genug geredet – ich habe noch viel zu tun.“
„Keine Sorge“, sagte Belinda schnell. „Wir werden dir helfen.“
Doch Tracy schüttelte den Kopf. „Vergiss es. *Du* kannst helfen, denn schließlich bist du diejenige, die sich mit

Pferden auskennt. Wir gehen auf Entdeckungstour. Viel Spaß beim Ausmisten!"

Die Landstraßen rund um den Birkenhof waren ideal zum Radfahren. Holly und Tracy nutzten die Gelegenheit, um so schnell durch die friedliche Gegend zu fahren, als hinge ihr Leben davon ab. Da es jedoch kaum Wegweiser gab, wurde den beiden Entdeckerinnen schon bald klar, dass sie keine Ahnung mehr hatten, wo sie waren.

„Ich bin sicher, dass wir da lang müssen", sagte Tracy an einer Kreuzung und zeigte auf die Abzweigung nach links.

„Wie kommst du darauf?", wollte Holly wissen.

„Das sagt mir mein unfehlbarer Ortssinn", behauptete Tracy grinsend.

„Also gut", sagte Holly. „Aber wenn die Straße im Nirgendwo endet, ist es deine Schuld."

Tracy radelte voraus. Sie wurde immer schneller, bis Holly schließlich nicht mehr mithalten konnte. Wäre sie langsamer gefahren, hätte sie vielleicht die Lücke in der Hecke am Straßenrand bemerkt, durch die man zu einem kleinen Häuschen kam. Und wenn sie die Lücke bemerkt hätte, hätte sie vielleicht vorsorglich abgebremst. Doch das tat sie nicht. Der kleine, braun-weiße Hund, der kläffend auf sie zustürmte, schien direkt aus dem Nichts zu kommen. Im nächsten Moment saß Tracy im Graben, und ihr Fahrrad verschwand in der Hecke. Der Hund stand mitten auf der Fahrbahn und wedelte mit dem Schwanz.

„Alles noch heil?" Holly zerrte Tracy aus dem Gewirr

von Brombeerranken und Brennnesseln, in dem sie gelandet war. „Hast du dir wehgetan?"
„Mir fehlt nichts, aber dieser Köter kann was erleben", knurrte Tracy und rappelte sich auf.
Doch bevor Tracy sich den kleinen Hund schnappen konnte, rief eine Frauenstimme auf der anderen Seite der Hecke seinen Namen. „Toby!"
Sofort flitzte der Hund zurück zum Haus. Dann schlug eine Tür zu.
Tracy kochte vor Wut. Sie marschierte auf das Haus zu, und einen Augenblick später hämmerte sie bereits an die Tür.
„Lass das doch", bat Holly. „Das bringt doch nichts."
„Doch, das tut es", widersprach Tracy. „Ich werde mich hinterher besser fühlen."
Aber diese Genugtuung blieb ihr versagt, denn niemand reagierte auf ihr Klopfen. Schließlich gab sie es auf und ging zurück zur Straße, um ihr Rad aus der Hecke zu ziehen.
„Ist etwas kaputt?" Holly sah zu, wie Tracy den Lenker wieder nach vorn drehte.
Tracy antwortete nicht. Sie stieg wortlos auf und radelte los. Sie war immer noch zu wütend, um sich mit Holly zu unterhalten. Ein paar Kilometer weiter sank ihre Laune endgültig auf den Nullpunkt, denn es stellte sich heraus, dass die Straße eine Sackgasse war. Glücklicherweise war der Hund nirgendwo zu sehen, als sie zum zweiten Mal an dem Haus vorbeifuhren.

„Wer bist du?"
„Ich? Belinda."

Belinda fegte gerade die Box von Rockstar aus, als Norman Patterson an der Tür auftauchte. Er wirkte nicht gerade erfreut.
„Und was hast du hier zu suchen?“, fuhr er sie an.
„Ich – äh – ich helfe Jack“, stammelte sie verlegen.
„Das stimmt so, Mr Patterson.“ Jack war hinter dem Trainer aufgetaucht. „Belinda möchte mehr über Rennpferde erfahren, stimmt’s, Belinda?“
„Was?“ Das war das erste Mal, dass Belinda davon hörte.
„Äh, ja.“ Sie hatte schnell beschlossen mitzuspielen. „Noch mehr über Pferde zu wissen kann nicht schaden.“
„Sie will Pferdepflegerin werden, wenn sie mit der Schule fertig ist“, behauptete Jack. „Aber sie weiß schon sehr viel über Pferde, weil sie ein eigenes Pferd hat.“
„Tatsächlich?“ Belinda wusste genau, was Patterson jetzt dachte. „Nun, wenn es dir nur darum geht, Erfahrungen zu sammeln, können wir dir sicher helfen“, sagte er. „Zumindest an den Wochenenden und in den Ferien.“
„Klingt gut“, sagte Belinda, der die Idee zu gefallen begann. Vielleicht wäre ein Teilzeitjob im Rennstall keine schlechte Idee. Sie konnte mit Pferden arbeiten und würde sich zusätzlich noch etwas Taschengeld verdienen.
„Natürlich würden wir dir damit einen Gefallen tun“, bemerkte Patterson gönnerhaft. „Geld gibt es dafür keins.“
„Was?“ Belinda wollte dem Trainer gerade erzählen, was sie von Sklavenarbeit hielt, aber Jack war schneller.
„Mr Patterson, Sie sollten wissen, dass Belinda sich schon bei einigen anderen Ställen beworben hat, die alle gern bereit waren, ihr einen Teilzeitjob zu geben.“
„Einen bezahlten Teilzeitjob!“, betonte Belinda.

Norman Patterson machte ein mürrisches Gesicht. „Nun, ich denke, zehn Pfund pro Tag könnten wir uns leisten. Und an Wochenenden ein Bett und freie Mahlzeiten. Aber mehr ist nicht drin!"
„Abgemacht!", sagte Belinda, bevor er es sich anders überlegen konnte.

„Bist du verrückt geworden?", rief Tracy aus, als sie wieder beim Stall eintrafen. „Du willst für lausige zehn Pfund den ganzen Tag arbeiten?"
„Es wird sich lohnen", behauptete Belinda. „Für mich ist die Arbeit mit diesen großartigen Pferden wie der Himmel auf Erden. Und bei all den Insider-Informationen, die ich hier kriege, werde ich beim Wetten ein Vermögen verdienen."
„Ich vermute eher, dass du deine zehn Pfund pro Tag verwetten wirst." Tracy hatte es noch nicht verwunden, dass sie beim Rennen so viel Geld verloren hatte.
„Dabei fällt mir ein", unterbrach Holly, „wo ist denn unsere berühmte Versagerin?"
„Wenn du Magic meinst", sagte Belinda, „die ist nicht mehr hier. Ihr Besitzer hat sie zu einem anderen Trainer gebracht. Anscheinend war er ziemlich sauer, weil sie ihr letztes Rennen nicht gewonnen hat."
„Da war er nicht der Einzige", verkündete Tracy. „Wenn du noch mehr heiße Tipps bekommst, tu uns bitte einen Gefallen – behalt sie für dich!"

Der einzige heiße Tipp, den Belinda bei ihren ersten Wochenendeinsätzen auf dem Birkenhof bekam, war, dass After Dark wieder ein Rennen laufen sollte. Der

Mystery Club sah im Fernsehen zu, wie das Pferd an allen Konkurrenten vorbeizog, als stünden sie still. Anscheinend hatte der Umzug in den Stall von Alec Patterson seiner Geschwindigkeit nicht geschadet.
„Offensichtlich ist After Dark doch ein guter Kauf gewesen", stellte Holly fest, als die Kamera auf den Absattelplatz schwenkte, wo das dampfende Rennpferd von seinem strahlenden Besitzer in Empfang genommen wurde.
„Norman Patterson wird ziemlich sauer sein, wenn er das sieht", bemerkte Belinda. „Er brüllt sowieso dauernd auf dem Hof herum. Jack sagt, dass das daran liegt, dass der Stall in Schwierigkeiten steckt."
„In was für Schwierigkeiten denn?" Holly horchte auf – wie immer, wenn sie von Problemen hörte.
„Er verliert Pferde."
„Wie kann man denn etwas von der Größe eines Pferdes verlieren?", spottete Tracy.
„Er verliert sie an die Konkurrenz – an andere Trainer", erklärte Belinda geduldig. „Ihre Besitzer nehmen sie vom Birkenhof runter."
„Warum?"
„Schlechte Rennergebnisse, vermute ich. Und auch Gerüchte."
„Was für Gerüchte?"
„Dass der Hof vom Pech verfolgt ist. Dass ständig etwas schief geht. Dass der Stall nicht richtig geführt wird. Dass Major Douglas zu alt ist und dass Norman Patterson ohne seinen Bruder nichts zu Stande bringt."
„Und? Stimmt das alles?"
„Das Einzige, was ich weiß, ist, dass es dort nicht genug

Leute gibt, um Stall und Pferde anständig in Schuss zu halten. Und trotzdem hat Patterson letztes Wochenende einen weiteren Pferdeburschen gefeuert. Und in Zukunft wird es noch schlimmer werden."

„Wieso?"

„Weil meine Mutter der Meinung ist, dass es mir zu viel wird, samstags und sonntags zu arbeiten. Sie will am Samstag zu Patterson fahren und ihm sagen, dass ich nur noch einen Tag am Wochenende arbeiten darf."

Am Samstag hatte Mrs Hayes schlechte Laune. „Normale Menschen liegen um diese Zeit noch im Bett", knurrte sie, als sie den Wagen anließ.

„Es ist nicht meine Schuld, dass ich um halb sieben anfangen muss", verteidigte sich Belinda. „Stell dir mal vor, wie es wäre, wenn du mit dem Fahrrad hinfahren müsstest!"

Mrs Hayes fuhr hinaus auf die Straße.

„Belinda", sagte sie gereizt, „ich würde es begrüßen, wenn du für den Rest der Fahrt kein Wort mehr sagen würdest."

Das war nicht besonders klug von ihr, denn Belinda war die Einzige, die den Weg zum Birkenhof kannte. Nachdem Mrs Hayes zweimal falsch abgebogen war, erlaubte sie Belinda, doch wieder zu sprechen.

Etwa drei Kilometer vor dem Ziel warnte Belinda ihre Mutter vor einer besonders scharfen Kurve.

„Belinda!", seufzte Mrs Hayes. „Ich fahre schon mehr als zwanzig Jahre Auto, also werde ich es wohl auch ohne deine Hilfe schaffen, auf einer Landstraße um eine Kurve zu fahren!"

Doch trotz ihrer empörten Worte bremste Mrs Hayes etwas stärker ab als gewöhnlich – was sich als Glücksfall erwies. Als sie in die Kurve fuhren, stand plötzlich ein Pferd vor ihnen auf der Fahrbahn.

„Pass auf!“, schrie Belinda.

Die Bremsen quietschten ohrenbetäubend, denn um einen Zusammenstoß zu verhindern, trat Belindas Mutter so hart auf die Bremse, als wollte sie das Pedal durchs Bodenblech treten. Belindas Sicherheitsgurt spannte sich, als sie zuerst nach vorn und dann zur Seite geschleudert wurde, während das Auto unkontrolliert zur Seite rutschte. Schließlich krachte es furchtbar, als das Auto sich in die Feldsteinmauer am Straßenrand bohrte.

3

Jemand redet zu viel

„Belinda! Bist du verletzt?"
Besorgt packte Mrs Hayes Belindas Schulter und rüttelte sie. Belinda lehnte mit dem Kopf an der Seitenscheibe.
„Ich glaube nicht."
Vorne war das Auto vollkommen eingedrückt, und unter der verbogenen Motorhaube quoll Dampf hervor.
„Schnell raus!", drängte Mrs Hayes. „Falls das Auto Feuer fängt."
Das brauchte sie Belinda kein zweites Mal zu sagen. Sie löste ihren Gurt, stieß die Tür auf und sprang hinaus. Die Fahrertür war verklemmt, und so musste auch Mrs Hayes auf Belindas Seite aussteigen. Sie nahm ihre Tochter in den Arm.
„Das war knapp", sagte sie erleichtert. „Einen Moment lang dachte ich, wir wären erledigt."
„Und ich dachte, das Pferd wäre erledigt", sagte Belinda. Sie befreite sich aus der Umarmung ihrer Mutter und sah sich suchend um. „Wo ist es?"
Das Pferd war spurlos verschwunden.
„Wen interessiert das?", fauchte Mrs Hayes. „Das dumme Tier hatte auf der Straße nichts zu suchen."
„Mum!" Belinda war entsetzt. „Das war nicht irgendein

Pferd. Das war Melisande – sie steht auf dem Birkenhof."

„Umso besser. Dann kann ich gleich mal ein paar Takte mit diesem Mr Patterson reden", sagte Mrs Hayes wütend. „Und dabei werde ich es bestimmt nicht bewenden lassen. Ich werde ihn auf Schadenersatz verklagen!"

Ihre Tochter hörte längst nicht mehr zu. „Ich muss sie suchen."

Belinda rannte los.

„Belinda, komm zurück!", schrie ihre Mutter hinter ihr her. „Du kannst mich doch jetzt nicht allein lassen. Was soll ich denn tun?"

„Ruf eine Werkstatt an", rief Belinda ihr zu. „Ich bringe das Pferd in den Stall und komme dann wieder."

Belinda rannte die Straße hinunter. Nach ein paar hundert Metern kam sie an ein altersschwaches Tor, das auf eine Wiese führte. Ein langbeiniges Vollblutpferd hätte die morschen Latten mühelos überwinden können. Belinda kletterte ebenfalls hinüber und sah sich um. Die Wiese fiel sanft nach links ab, doch die hintere rechte Ecke lag in einer Senke und war vom Tor aus nicht einsehbar. Dieser Teil war der Einzige, der nicht von einer üppig wuchernden Hecke begrenzt wurde. Ein frei laufendes Pferd würde instinktiv auf diese Lücke zusteuern.

Belinda rannte über die Wiese. Als sie sich der Senke näherte, hörte sie auch schon das Schnauben eines Pferdes.

„Schon gut, Mädchen, ich komme", rief Belinda.

Sie verlangsamte ihr Tempo, als sie die Kuppe erreichte. Es klang, als würde unten ein Bach fließen. Sie schaute hinab und entdeckte Melisande. Die Pfosten eines alten

Drahtzauns, der einst oben auf der Kuppe gestanden hatte, waren abgebrochen, und die Zaunreste waren zum Bach hin abgerutscht. Irgendwie hatte Melisande es geschafft, sich mit einem Vorderbein in den rostigen Drähten zu verfangen. Jedes Mal, wenn sie versuchte, sich zu befreien, zogen sich die Drähte enger um ihr Bein. Schon jetzt lief eine dünne Blutspur am Bein entlang bis zum Huf. Belinda war klar, dass sie sehr behutsam vorgehen musste, denn sonst würde die Stute in Panik geraten und sich noch mehr verletzen.

Sie setzte sich oben am Hang ins Gras und begann, beruhigend auf Melisande einzureden. Alle paar Minuten rutschte sie – immer noch redend – auf dem Hosenboden ein paar Meter näher an die verängstigte Stute heran. Schließlich war sie so dicht bei ihr, dass sie sie berühren konnte. Sie streckte die Hand aus, und Melisande wich misstrauisch zurück und legte die Ohren an. Das war der kritischste Moment – wenn das Pferd jetzt in Panik geriet, war auch Belinda in großer Gefahr.

Belinda redete weiter, bis sie das Gefühl hatte, dass die Stute ihr vertraute. Dann begann sie, Melisandes Bein mit den Fingerspitzen zu streicheln und arbeitete sich langsam vor bis zu ihrem Hals.

„Melisande, hör mir mal zu“, flüsterte sie. „Du musst jetzt ganz still halten, verstanden?“

Die Stute schüttelte leicht den Kopf.

„Ich hoffe, das sollte kein Nein sein“, murmelte Belinda. „Dann haben wir nämlich beide ein Problem.“

Sie ging in die Hocke, murmelte unablässig beruhigende Worte und begann, die Drahtschlingen vom Bein des Pferdes zu lösen. Es dauerte ewig, bis sie alle Schlin-

gen weit genug aufgebogen hatte, um den Huf herauszuziehen, aber schließlich hatte sie es geschafft.
Sie ergriff vorsichtig den Huf und hob ihn aus dem Drahtgewirr heraus. Dann schob sie die Drähte zur Seite und setzte den Huf wieder ab.
Melisande spürte sofort, dass sie frei war, und sprang mit ein paar Sätzen die Böschung hoch. Zum Glück stürmte sie jedoch nicht davon, sondern begann auf der Kuppe zu grasen.
„Also gut", sagte Belinda. „Du kannst ein paar Happen nehmen, aber dann bringe ich dich nach Hause."

Als Belinda mit Melisande auf dem Birkenhof eintraf, herrschte dort augenblicklich verblüfftes Schweigen.
„Seht mal, wen ich gefunden habe!", prahlte Belinda. „Jemand sollte den Tierarzt anrufen."
Einen Moment lang regte sich niemand, dann wurden Belinda und Melisande von dem erleichterten Stallpersonal umringt.
„Bin ich froh, dich zu sehen!", verkündete Jack.
„Mich oder das Pferd?", fragte Belinda.
„Das Pferd natürlich", sagte Jack. „Wir haben sie schon überall gesucht. Wäre sie noch weg gewesen, wenn Patterson kommt, wäre er ganz sicher explodiert."
Belinda war gerade rechtzeitig aufgetaucht, denn in diesem Augenblick fuhr Norman Patterson auf den Hof. Er war jedoch nicht allein – neben ihm saß eine sehr wütende Mrs Hayes. Sie sprang aus dem Wagen und stürzte sich auf ihre Tochter.
„Was fällt dir ein, mich da draußen einfach allein zu lassen?", fauchte sie.

„Tut mir Leid, Mum. Aber ich musste doch Melisande einfangen", verteidigte sich Belinda. „Außerdem wusste ich doch, dass du mit dem Handy Hilfe holen konntest."
„Ich habe dir das Telefon gegeben, bevor wir losgefahren sind", zischte Mrs Hayes. „Es ist in deiner Tasche! Ich würde immer noch auf der Straße stehen, wenn der nette Mr Patterson nicht vorbeigekommen wäre. Und eines kann ich dir sagen – er ist ziemlich geladen."
Das war die Untertreibung des Jahres. Norman Patterson tobte vor Wut. Er fing schon in dem Moment an zu schreien, als er aus dem Auto stieg, und erst zehn Minuten später, als Major Douglas und Fiona, die Stallmeisterin, von ihrer erfolglosen Suche nach Melisande zurückkamen, machte er eine kurze Atempause.
Doch die hielt nicht lange an. Diesmal war es Fiona, die seine Wut zu spüren bekam. „Kaum bin ich einen einzigen Abend nicht da, schon verlierst du eines unserer besten Pferde! Kannst du mir mal sagen, wie das passieren konnte?"
„Ich habe keine Ahnung", sagte Fiona. „Ich kann mir das auch nicht erklären."
„Aber ich", schrie Patterson sie an. „Du hast ihre Stalltür nicht richtig verriegelt."
„Ich?" Fiona war empört.
„Ja, du. Du bist die Stallmeisterin. Wenn ich nicht da bin, ist es deine Aufgabe, abends noch einmal nachzusehen, ob alle Boxen richtig verschlossen sind."
„Das weiß ich, aber …"
Patterson ließ sie nicht ausreden. „Kein aber. Es ist deine Aufgabe. Also ist es auch deine Schuld."
„Wenn Sie mir nur zuhören würden …"

„Da gibt es nichts zuzuhören.“
„Was Fiona Ihnen sagen will“, mischte Major Douglas sich nun ein, „ist, dass ich ihr gesagt habe, dass sie sich den Abend frei nehmen könnte. Ich habe gestern Abend den letzten Rundgang gemacht.“
Pattersons Kinnlade klappte herunter. „Sie?“
Der Major nickte.
„Und was ist passiert?“
„Ich weiß nicht. Ich …“ Der Major verstummte. „Ich bin sicher, dass ich alle Türen überprüft habe, aber … vielleicht habe ich eine übersehen.“
Patterson starrte den Major an. „Und das wäre nicht das erste Mal, stimmt's?“ Mit diesen Worten machte er kehrt und ging zum Haus. Als er an Mrs Hayes vorbeikam, sagte er: „Tut mir Leid, dass Sie das mit anhören mussten. Kommen Sie doch mit rein, damit wir einen Abschleppwagen für Ihr Auto bestellen können.“
Belinda sah den beiden nach. Major Douglas und Fiona Wilson betrachteten die Verletzung an Melisandes Bein. Der Major sah aus, als wäre er den Tränen nahe.
„Irgendwie tut er mir Leid“, flüsterte Belinda Jack zu.
„Mir auch“, stimmte Jack zu. „Wenn es wirklich sein Fehler war.“
„Wie meinst du das?“, fragte Belinda.
„Nun ja.“ Jack schien zu zögern. „Ich habe gestern Abend mein Rad über den Hof geschoben – ich wollte zu meinen Eltern fahren – und da hat der Major gerade seine Runde gemacht. Ich habe ihm sogar noch Gute Nacht zugerufen.“
„Na und?“ Belinda verstand nicht, worauf er hinauswollte.

„Er kam aus Melisandes Box. Und ich könnte schwören, dass er sie verriegelt hat."

„Jack *glaubt* nur, dass er gesehen hat, wie Major Douglas die Stalltür verriegelt hat", erklärte Holly Belinda.
Tracy schob ihren leeren Eisbecher von sich und seufzte. „Und wie ich schon sagte – dass Jack dem Major eine gute Nacht gewünscht hat, hat ihn wahrscheinlich so abgelenkt, dass er vergessen hat, den Riegel vorzuschieben."
Seit Melisandes Ausbruch war schon eine Woche vergangen, doch Belindas Gedanken kreisten immer noch um dieses Ereignis. Der Mystery Club tagte an einem seiner Lieblingstreffpunkte – der Eisdiele von Willow Dale.
„Ach, ich weiß nicht", sagte Belinda. „Ich werde den Verdacht nicht los, dass an der ganzen Sache etwas faul ist. Dazu kommt noch, dass Melisandes Besitzer die Stute inzwischen zu einem anderen Trainer gebracht hat."
„Was ja verständlich ist", bemerkte Holly und schob sich den letzten Löffel Fruchteis in den Mund.
„Stimmt", gab Belinda zu. „Jack glaubt, dass in nächster Zeit noch mehr Pferde den Stall verlassen werden."
„Möchte noch jemand ein Eis?", fragte Tracy.
„Ja, du", sagte Belinda.
„Gut erkannt", bemerkte Tracy. „Und wer leiht mir das Geld dafür?"
Holly drückte Tracy eine Münze in die Hand und sah zu, wie die Freundin sich zwischen den Tischen durchschlängelte, um am Tresen ihre Bestellung aufzugeben.

„Weißt du, was ich komisch finde?“, fragte sie Belinda. „Dass Norman Patterson deiner Mutter das alles erzählt hat.“
„Du meinst, dass Major Douglas dauernd Fehler macht und dass auf dem Hof ständig etwas schief geht?“
Holly nickte. „Und auch, dass der Major zu viel trinkt.“
„Das stimmt ja auch“, bemerkte Tracy, die mit ihrem Eisbecher zurückkam und Holly das Wechselgeld hinhielt.
„Kann schon sein“, sagte Holly. „Die Frage ist aber: Warum erzählt Patterson das jedem?“
„Er erzählt es nicht jedem“, widersprach Tracy. „Er hat es nur Belindas Mutter gesagt.“ Sie verstummte und schien über ihre Worte nachzudenken. „Wenn ich es mir recht überlege“, fügte sie dann hinzu, „hätte er es auch gleich im Lokalfernsehen bekannt geben können.“
Holly musste sich das Lachen verkneifen. „Tracy!“, schalt sie.
„Nein, sie hat Recht“, nahm Belinda die Freundin in Schutz. „Wir waren kaum zu Hause, da hing meine Mutter auch schon am Telefon und hat den Klatsch weitergegeben. Ich wette, dass es inzwischen die ganze Welt weiß.“
„Genau!“ Holly schnippte aufgeregt mit den Fingern. „Und das macht es noch schwerer, den Birkenhof zu halten. Warum also tut Patterson das? Wenn der Stall schließen muss, ist er doch ebenfalls arbeitslos.“
Darauf hatte keine von ihnen eine Antwort.
Holly stand auf. „Wir sollten morgen zusammen zum Birkenhof fahren – vielleicht finden wir etwas heraus.“

Es war ein trüber, diesiger Morgen, und auf der langen Radtour zum Birkenhof sprachen die Mädchen kaum miteinander. Es war kein Verkehr, und so kamen sie gut voran, bis Tracy den braunweißen Hund entdeckte. Er schnupperte am Straßenrand herum.

„Haltet mal an!", rief Tracy und bremste scharf ab. „Da ist wieder dieser Hund – Toby. Das ist der, wegen dem ich neulich gestürzt bin!"

Der Hund saß jetzt mitten auf der Fahrbahn, als wollte er ihnen den Weg versperren.

„Er ist ziemlich weit weg von zu Hause", stellte Holly fest. „Ob er sich verlaufen hat?"

„Das ist mir egal", verkündete Tracy. „Ich fahre jedenfalls nicht an ihm vorbei."

Belinda ließ ihr Rad am Straßenrand fallen und ging auf den Hund zu. „Sei nicht albern", sagte sie. „Vor dem kleinen Kerl brauchst du doch wirklich keine Angst zu haben. Ich werde ihn festhalten, dann kannst du vorbei."

Doch als Belinda auf den Hund zuging, flitzte er davon.

„Siehst du?", rief Belinda Tracy zu. „Er hat mehr Angst als du." Sie machte kehrt und wollte wieder auf ihr Rad steigen. Da drehte sich der Hund um und bellte sie an.

Belinda ging erneut auf ihn zu, doch auch diesmal lief er weg. „Wisst ihr was?", sagte Belinda. „Ich glaube, er will, dass wir ihm folgen."

„Für wen hältst du dich? Für Doktor Doolittle?", stichelte Tracy.

„Ja, sie kann mit den Tieren reden", spottete auch Holly.

Aber Belinda ließ sich nicht beirren. „Ihr werdet schon sehen", murmelte sie und schwang sich auf ihr Rad. Sie

fuhr auf den Hund zu. „Dann los, Toby“, rief sie. „Ich komme mit.“
Sofort machte der Hund kehrt und rannte die Straße hinunter, wobei er sich gelegentlich umsah, als wollte er prüfen, ob sie ihm immer noch folgte.
„Seht ihr?“, triumphierte Belinda. „Er ist viel schlauer, als ihr dachtet.“
Holly und Tracy tauschten einen verblüfften Blick.
„Vielleicht kann sie wirklich mit den Tieren sprechen“, bemerkte Holly.
Wie zu erwarten war, schlüpfte der Hund durch die Lücke in der Hecke, aus der er schon einmal gekommen war, und lief dann zum Haus. Die Eingangstür stand weit offen.
„Hallo! Jemand zu Hause?“, rief Holly.
Doch abgesehen vom Winseln des Hundes, der am Fuß der Eingangsstufen stehen geblieben war, rührte sich nichts.
„Was machen wir jetzt?“, fragte Belinda.
Holly traf eine Entscheidung. „Ich finde, wir sollten drinnen nachsehen, ob alles in Ordnung ist.“
Holly und Tracy schauten in die unteren Räume, und Belinda folgte Toby ins Obergeschoss. Das Wohnzimmer im Erdgeschoss sah schlimm aus, fast verwüstet. Man hatte den Eindruck, als wäre es seit Jahren nicht mehr aufgeräumt worden. Überall stapelten sich Bücher und vergilbte Zeitungen. Der Fußboden war voller Gerümpel. Schubladen standen offen.
„Die hinteren Zimmer sehen genauso aus“, sagte Tracy von der Tür aus. „Glaubst du, dass hier eingebrochen wurde?“

Bevor Holly darauf antworten konnte, schrie Belinda von oben: „Kommt schnell her! Hier liegt jemand!“ Holly und Tracy stürmten die schmale Treppe hoch. Belindas Stimme kam aus dem Schlafzimmer. Holly und Tracy stürzten ins Zimmer. Auf dem Fußboden lag eine alte Dame. Ihr Gesicht war leichenblass und sie bewegte sich nicht.

4

Ein Notfall

„Sie fühlt sich eiskalt an. Hol schnell eine Decke."
Belinda zerrte die fadenscheinige Tagesdecke vom Bett.
„Kannst du ihren Puls fühlen?", fragte Tracy.
Holly legte ihre Finger an den Hals der alten Dame. „Ich bin mir nicht sicher", sagte sie. „Ich glaube schon, aber er ist sehr schwach. Du musst einen Krankenwagen rufen und die Polizei verständigen. Schau nach, ob es hier im Haus Telefon gibt. Wenn nicht, fahr zum Birkenhof."
Tracy raste die Treppe hinunter. Es führte keine Telefonleitung zum Haus, also rannte sie zu ihrem Rad. Plötzlich hörte sie ein schnell näher kommendes Auto.
„Ich werde das Auto anhalten und mich zum Rennstall mitnehmen lassen", überlegte sie.
Einen Moment später kam ein schwarzer Kleinbus um die Kurve. Tracy schwenkte die Arme und schrie dem Fahrer zu, dass er anhalten sollte. Doch der Wagen wurde nicht einmal langsamer – er raste einfach an ihr vorbei.
„So ein Mist!", schrie Tracy ihm nach. „Was für Idioten waren das denn?"
Sie schwang sich auf ihr Rad und machte sich auf den Weg zum Birkenhof. Unter dem Einfluss des Adrenalins, das durch ihren Körper jagte, fuhr sie so schnell, wie sie

noch nie gefahren war. In halsbrecherischem Tempo schoss sie die Landstraße entlang. Sie nutzte alle Gänge ihres Fahrrads, um das Tempo zu halten, und legte die Strecke, für die man normalerweise zwanzig Minuten brauchte, in zehn zurück.

Auf dem Hof bremste sie scharf ab und ließ ihr Rad einfach fallen. Irgendetwas war los. Vor dem Stall standen mehrere Leute und schienen sich zu streiten. Tracy bekam das jedoch nur am Rande mit, denn sie lief sofort auf das Haus zu. Als sie die Tür aufriss, stieß sie beinahe mit Major Douglas zusammen, der gerade das Haus verlassen wollte.

„Was ist denn jetzt los?“, fragte er erschrocken.

„Entschuldigung!“, schnaufte Tracy. „Ich muss telefonieren. Ein Notfall.“

Der Major zeigte auf eine Tür links vom Eingang. „Da drin!“, sagte er nur.

Einen Moment später wählte Tracy die Notrufnummer. Der Telefonist brauchte nur wenige Sekunden, um sich alle Einzelheiten zu notieren und den Rettungsdienst zu alarmieren. Tracy atmete erleichtert auf, bevor sie den Hörer wieder auf die Gabel legte.

Major Douglas stand an der Tür. „Das ist Miss Jenkins, von der du gesprochen hast“, sagte er.

„Ja?“, sagte Tracy. „Ich wusste nicht, wie sie heißt.“

„Ich kann mir nicht vorstellen, wer es sonst sein könnte.“ Der Major schien ehrlich besorgt. „Kann ich irgendetwas tun?“

„Nein, ich glaube nicht“, sagte Tracy. „Meine Freundinnen sind bei ihr, und der Krankenwagen ist unterwegs. Ich hoffe nur, dass er noch rechtzeitig kommt.“

„Ist es so schlimm?“
„Sie sah ziemlich schlecht aus. Vielleicht liegt sie schon seit Stunden da. Oder seit Tagen.“
„Wie furchtbar.“ Major Douglas schüttelte betrübt den Kopf. „Man sagt ihr zwar nach, dass sie eine schwierige Person sei, aber sie wohnt auch schon sehr lange allein in diesem Haus. Seit ihr Vater vor vierzig Jahren starb.“
„Ich bin mir nicht sicher, ob sie durchkommt“, sagte Tracy.
„Oh je!“
In diesem Augenblick wurde die Haustür aufgerissen. „Das reicht! Weitere Unverschämtheiten lasse ich mir von diesem Kerl nicht mehr gefallen!“ Fiona Wilson stürmte ins Zimmer. „Es tut mir Leid, Major, aber ich kündige!“
„Aber warum denn, Fiona? Was ist passiert?“
„Das kann ich Ihnen sagen“, verkündete Norman Patterson, der Fiona ins Haus gefolgt war. „Diese Frau ist die schlechteste Stallmeisterin, die mir je begegnet ist. Sie macht einen Fehler nach dem anderen.“
„Ich habe Ihnen doch gesagt, dass ich das Futter rechtzeitig bestellt habe. Man hat mir die Lieferung für gestern zugesagt!“, schrie Fiona aufgebracht.
„Lügen Sie mich nicht an!“, fauchte Patterson sie an. „Ich habe heute Morgen mit dem Futterhändler telefoniert. Er sagt, er hätte nie mit Ihnen gesprochen. Das beweist, wie unfähig Sie sind!“
Fiona sah den Major an. „Es tut mir wirklich Leid, Major“, sagte sie, „aber ich kann nicht länger mit diesem Mann arbeiten. Ich gehe, sobald ich meine Sachen gepackt habe.“

„Fiona, bitte!“, protestierte der Major.
Doch Fiona war schon hinausgestürmt.
„Wir brauchen sie ohnehin nicht“, behauptete Patterson. „Für die paar Pferde, die noch da sind, brauchen wir nicht so viel Personal – und vor allem niemanden, der nichts von seiner Arbeit versteht.“
„Aber wir brauchen doch einen Stallmeister“, sagte Major Douglas.
„Nein, brauchen wir nicht!“, widersprach Patterson. „Ich kann den Job genauso gut selbst erledigen. Es wird Zeit, dass dieser Betrieb wieder auf Vordermann gebracht wird, und genau das werde ich tun.“
Patterson machte auf dem Absatz kehrt und verließ den Raum. Tracy bedankte sich kurz beim Major dafür, dass sie das Telefon benutzen durfte, und verdrückte sich dann. Der Major schien nicht zu merken, dass sie ging.
Auf dem Hof sprach Norman Patterson derweil mit den anderen Angestellten. „Fiona verlässt uns“, sagte er. „In Zukunft werde ich ihre Aufgaben übernehmen. Und jetzt zurück an die Arbeit.“ Er kehrte ins Haus zurück, und die Pferdepfleger nahmen ihre Arbeit wieder auf.
Tracy nickte Jack zu. „Bei euch wird‘s wohl nie langweilig“, meinte sie.
„Das ist verrückt“, sagte Jack. „Fiona Wilson ist eine der besten Stallmeisterinnen, die es gibt. Das weiß jeder. Aber Patterson hat ihr das Leben zur Hölle gemacht.“
„Der Typ hat eben einen Kontrolltick“, stellte Tracy fest.
„Das stimmt.“ Jack hob die Brauen. „Was machst du eigentlich hier? Und wo ist Belinda?“
Tracy erzählte Jack, was im Häuschen an der Straße passiert war.

„Dann muss Miss Jenkins ins Krankenhaus?“, fragte er.
„Ja, sicher.“
„Und was wird aus ihrem Hund?“
Daran hatte Tracy bisher nicht gedacht.
„Hierher kann er nicht kommen“, sagte Jack schnell. „Er würde die Pferde scheu machen.“
„Vielleicht kann ihn eine von uns nehmen“, überlegte Tracy. „Ich werde meine Mutter anrufen und sie bitten, dass sie mit dem Auto kommt und ihn holt.“ Tracy ging also nochmals ins Haus, um zu telefonieren. Als sie die Diele betrat, hörte sie Pattersons Stimme aus dem oberen Stockwerk. Er telefonierte. Tracy setzte sich auf die unterste Treppenstufe und wartete darauf, dass er die Leitung freigab. Patterson lachte aus vollem Hals. Tracy fand, dass das eine merkwürdige Reaktion für jemanden war, der gerade einen Riesenstreit hinter sich gebracht und eine Kündigung entgegengenommen hatte.
„Sie ist darauf hereingefallen!“ Er lachte wieder. „Ich habe so lange auf ihr herumgehackt, bis sie ausgeflippt ist. Gerade packt sie ihre Sachen. In spätestens einer Stunde ist sie weg. Es läuft also alles genau nach Plan.“
Tracy spürte, wie sich ihr Herzschlag beschleunigte. Als sie hörte, wie oben der Hörer aufgelegt wurde, flitzte sie schnell in das Zimmer, in dem der Major saß. Er sah sie zwar an, aber sein Blick war glasig.
„Es tut mir Leid, Sie wieder stören zu müssen“, entschuldigte sich Tracy. „Aber ich brauche noch einmal Ihr Telefon. Ist Ihnen das recht?“
Vom Major kam keine Antwort. Tracy interpretierte sein Schweigen als ein „Ja“ und wählte ihre eigene Nummer. Während das Telefon noch klingelte, sah sie

Patterson in Richtung Haustür eilen. Und als ihre Mutter endlich den Hörer abnahm, grübelte Tracy immer noch darüber nach, was für merkwürdige Dinge auf dem Birkenhof vor sich gingen.

Die Sanitäter hoben die Trage in den Krankenwagen. „Ich vermute, dass sie einen Schlaganfall oder einen Herzinfarkt hatte“, sagte der Fahrer zu Holly und Belinda. „Ihr habt sie gerade noch rechtzeitig gefunden.“
Er stieg ein und startete den Motor. Wenige Augenblicke später fuhr der Krankenwagen bereits mit Blaulicht in Richtung Willow Dale.
Holly und Belinda gingen zum Haus zurück. Kurz nach dem Krankenwagen war die Polizei eingetroffen, und die beiden Beamten versuchten herauszufinden, was passiert war. Eine Polizistin wartete an der Tür. „Hallo, mein Name ist Agnew. Ich bin die für diesen Bezirk zuständige Gemeindepolizistin“, stellte sie sich vor.
„Holly Adams“, sagte Holly. „Und das ist Belinda Hayes.“
„Und wo ist das Mädchen, das den Rettungsdienst gerufen hat? Tracy Foster, nicht wahr?“
„Sie musste mit dem Rad zum Birkenhof fahren, weil es hier kein Telefon gibt. Sie ist noch nicht wieder zurück.“
Die Polizistin setzte sich auf die Eingangsstufen und holte ihr Notizbuch heraus. „Also gut“, sagte sie. „Wie kam es dazu, dass ihr Miss Jenkins gefunden habt? Ist sie eine Bekannte oder Verwandte von euch?“
„Weder noch“, sagte Holly.
„Wir wussten nicht einmal, dass sie Miss Jenkins heißt“, bemerkte Belinda.

Polizeimeisterin Agnew sah misstrauisch zu den beiden auf. „Und was wolltet ihr dann hier?“
„Toby hat uns hergebracht“, sagte Holly und zeigte auf den kleinen braunweißen Hund, der verloren an der offenen Haustür saß und in den Garten schaute.
„Das müsst ihr mir genauer erklären“, verlangte die Polizistin.
Holly und Belinda berichteten, wie sie dem Hund zum Haus gefolgt waren, dort die offene Tür entdeckt und schließlich auch die bewusstlose alte Dame gefunden hatten.
„Und das Haus war schon so verwüstet“, erklärte Holly. „Das waren nicht wir.“
Die Polizistin klappte ihr Notizbuch zu und steckte es ein.
„Möchten Sie meine Theorie hören?“ Holly wollte die Gelegenheit nutzen und ein wenig mit ihren detektivischen Fähigkeiten zu prahlen.
„Welche Theorie?“
„Darüber, was hier passiert ist.“
Die Polizistin machte ein interessiertes Gesicht. „Wer bist du – Sherlock Holmes?“
„Wir sind der Mystery Club“, erklärte Belinda stolz. „Vielleicht haben Sie schon von uns gehört.“
Die Polizistin hob die Brauen. „Möglicherweise ist euer Club bei uns auf der Wache ein- oder zweimal erwähnt worden“, gab sie zu. „Aber wie lautet denn nun deine Theorie?“
„Einbrecher!“, verkündete Holly. „Hier ist eingebrochen worden. Das hat Miss Jenkins so aufgeregt, dass sie einen Schlaganfall, einen Herzinfarkt oder was auch

immer erlitten hat. Die Diebe haben das Haus auf den Kopf gestellt. Sie haben alles von Wert mitgenommen und bei ihrer Flucht die Haustür offen gelassen."

„Interessant", sagte die Polizistin. „Aber deine Theorie hat ein oder zwei Schwachstellen."

„Welche denn?", fragte Belinda.

„Zum einen sind keine Spuren eines gewaltsamen Eindringens zu erkennen."

„Dann sind sie eben ins Haus gekommen, als sie die Tür geöffnet hat, um Toby rauszulassen", sagte Belinda.

„Und zum anderen", fuhr die Polizistin fort, „bezweifle ich, dass Miss Jenkins etwas besaß, das zu stehlen sich lohnte."

„Das konnten die Einbrecher aber nicht im Voraus wissen", gab Holly zu bedenken.

„Und warum hat Toby die Einbrecher nicht angegriffen?"

„Vielleicht hat er das", sagte Belinda. „Vielleicht sind sie deswegen geflüchtet."

„Und außerdem", die Polizistin machte eine Kunstpause, bevor sie Hollys Theorie den vernichtenden Schlag versetzte, „war ich vor etwa zwei Wochen schon einmal hier, und da herrschte im Haus genau dasselbe Chaos!"

Belinda sah Holly an und hob dann die Hände. „Also gut", sagte sie. „Wir geben uns geschlagen. Sie haben gewonnen."

„Wahrscheinlich ist sie nur nach unten gegangen, um den Hund hinauszulassen, fühlte sich plötzlich nicht gut und ist auf dem Weg ins Bett zusammengebrochen."

„Ja, wahrscheinlich", stimmte Holly ihr zu. Doch dann

siegte ihre Neugier. „Weswegen waren Sie vor zwei Wochen hier?“, fragte sie. „Gab es ein Problem?“
„Miss Jenkins hatte sich über den Kleinbus einer Baufirma beschwert, der regelmäßig diese Straße befährt“, berichtete die Polizistin. „Sie sagte, das Fahrzeug wäre viel zu schnell gefahren, und sie hatte Angst, dass Toby überfahren werden könnte. Miss Jenkins ist ziemlich gebrechlich. Sie sieht schlecht, hat eine schlimme Arthritis, Atemprobleme und ein Herzleiden. Sie sollte nicht mehr allein hier draußen wohnen.“
„Zumindest braucht sie jemanden, der ihr hilft“, bemerkte Holly.
„Das stimmt.“ Die Polizistin seufzte. „Aber sie will keine Hilfe annehmen. Ich habe die Wohlfahrt informiert, und es war auch eine Dame hier. Sie hat ihr gesagt, was sie alles für sie tun könnten, aber Miss Jenkins hat das rundweg abgelehnt. Sie wollte ihre Unabhängigkeit nicht aufgeben. Niemandem zur Last fallen.“
„Aber es ist doch ihr gutes Recht, die Hilfe einer Pflegerin in Anspruch zu nehmen“, sagte Holly aufgebracht.
Die Polizistin machte ein betrübtes Gesicht. „Das sieht sie leider anders.“
In diesem Augenblick kam der zweite Polizist aus dem Haus gerannt. „Eine Meldung über Funk!“, rief er seiner Kollegin zu. „An der Abbot-Brücke steht ein gestohlenes Auto.“
„Komme schon“, antwortete Polizeimeisterin Agnew. Beim Zuziehen der Haustür fiel ihr Blick auf Toby. „Was machen wir mit dem Hund?“, murmelte sie.
„Wir werden uns um ihn kümmern“, versprach Holly.
„Ich hatte gehofft, dass ihr das sagt“, freute sich die Po-

lizistin. „Im Tierheim wäre er nicht so gut aufgehoben. Wer von euch nimmt ihn?“

„Das weiß ich noch nicht“, sagte Holly. „Können wir es Sie wissen lassen?“

„Natürlich. Ich vermute, dass der Mystery Club die Telefonnummer der Polizeiwache kennt, stimmt's?“

Tracy traf ein, als der Polizeiwagen abfuhr. „Alles in Ordnung?“, fragte sie.

„Schätze schon. Miss Jenkins ist auf dem Weg ins Krankenhaus“, berichtete Holly. „Und eine von uns muss auf Toby aufpassen, solange sie fort ist.“

„Kein Problem – ich habe schon mit meiner Mutter gesprochen“, sagte Tracy. „Sie ist bereits auf dem Weg hierher.“

Holly und Belinda waren beeindruckt.

„Es gibt übrigens noch etwas zu berichten.“ Tracy verstummte, um die Spannung zu steigern.

„Nun sag schon“, forderte Belinda.

„Wir haben einen neuen Fall ...“

„Tut mir Leid, dass ich so spät komme“, sagte Holly. „Aber ich habe nach der Schule noch im Krankenhaus angerufen, weil ich wissen wollte, wie es Miss Jenkins geht.“ Sie rannte über den Rasen zu dem tadellos gepflegten Stall hinter Belindas Elternhaus.

Die drei Mädchen hatten einen vollen Tag Zeit gehabt, um über die mysteriösen Vorkommnisse auf dem Birkenhof nachzudenken und hatten abgemacht, sich bei Belinda zu treffen, um darüber zu sprechen.

„Was hast du erfahren?“, fragte Tracy.

„Es war wirklich ein Schlaganfall“, berichtete Holly.

„Aber es geht ihr schon wieder besser, und die Ärzte glauben, dass sie wieder gesund wird. Wahrscheinlich können wir sie gegen Ende der Woche besuchen."
„Das ist eine gute Nachricht!" Belinda putzte ihr Pferd Milton, das sie draußen vor dem Stall angebunden hatte.
„Die schlechte Nachricht", fuhr Holly fort, „ist, dass sie vermutlich lange im Krankenhaus bleiben muss und dass noch nicht sicher ist, ob sie gesund genug wird, um in ihr Haus zurückzukehren."
Einen Moment herrschte Schweigen. Die drei Mädchen stellten sich vor, wie hart ein Umzug die alte Dame treffen würde. „Dagegen können wir im Moment nichts tun", sagte Holly schließlich. „Lasst uns über unseren Fall sprechen." Sie klappte das rote Notizbuch auf, in das sie die Ergebnisse jeder Ermittlung eintrug. „Wer fängt an?"
Tracy meldete sich mit der ersten Frage zu Wort. „Ich wüsste zu gern, warum Norman Patterson es darauf angelegt hat, Fiona Wilson loszuwerden."
„Um Geld zu sparen", antwortete Belinda. „Ich habe gestern mit Jack darüber gesprochen. Diese Woche werden wieder zwei Pferde abgeholt. Das bedeutet, dass noch weniger Geld reinkommt. Und der Personalabbau ist die einfachste Methode, die Ausgaben zu verringern. Das heißt natürlich auch, dass der Rest von uns umso härter arbeiten muss."
Tracy schüttelte den Kopf. „Das sehe ich anders. Ich vermute, dass die Pferdebesitzer ihre Tiere nur abholen, weil sie gehört haben, dass Fiona Wilson nicht mehr da ist. So etwas spricht sich schnell herum. Das bringt gewissermaßen das Fass zum Überlaufen. Und was hat Pat-

terson gemeint, als er sagte, es liefe alles genau nach Plan?“

„Keine Ahnung.“ Belinda hörte auf, Milton zu bürsten, und setzte sich neben Holly auf die Mauer.

„Ich weiß es auch nicht“, gab Tracy zu.

„Also gut“, sagte Holly. „Lasst es mich noch einmal von Anfang an durchdenken.“

„Macht Platz für das Superhirn“, alberte Tracy. „Holly Adams, das Genie auf zwei Beinen.“

Holly drückte ihr Notizbuch und Stift in die Hand. „Mach dich lieber nützlich. Ich kann besser nachdenken, wenn ich mich bewege.“

Tracy hielt den Stift erwartungsvoll über das Buch.

„Also, zurück zum Anfang. Major Douglas hat Probleme und braucht Hilfe auf dem Birkenhof. Norman Patterson hat Streit mit seinem Bruder und nimmt die Stelle beim Major an.“

„Aber dadurch laufen die Dinge im Stall nicht besser, sondern eher schlechter“, fügte Belinda hinzu.

„Es geht immer wieder etwas schief.“

„Und Patterson sorgt dafür, dass das alle erfahren“, sagte Tracy. „Denkt nur daran, wie er es Belindas Mutter unter die Nase gerieben hat.“

„Major Douglas’ Alkoholproblem wird immer schlimmer.“

„Und dann ist Patterson so gemein zu Fiona Wilson“, sagte Belinda, „dass eine der besten Stallmeisterinnen im Rennsport ihre Sachen packt. Was genau das war, was er beabsichtigt hat.“

„Ja, das alles ist Teil eines Plans“, sagte Holly. „Aber welches Plans?“

„Das ist die Frage“, sagte Belinda. Sie stand wieder auf und begann, Miltons Hufe auszukratzen. „Es gibt noch etwas, das wir bedenken sollten.“

„Was?“, fragte Tracy.

„An dem Abend, an dem Major Douglas angeblich vergessen hat, Melisandes Stalltür zu verriegeln, hat Jack ihn beobachtet. Und er ist überzeugt, dass Major Douglas die Tür ordentlich verschlossen hat.“

Holly schnippte mit den Fingern. „Also muss danach noch jemand da gewesen sein und das Pferd freigelassen haben.“

„Wer würde denn so etwas tun?“, fragte Tracy.

„Ich tippe auf Norman Patterson“, sagte Belinda. „Ihr müsst doch zugeben, dass er sich verdächtig benimmt.“

„Du meinst, dass er absichtlich dafür sorgt, dass so vieles schief geht?“, fragte Holly nach.

„Genau!“ Tracy klappte das Notizbuch zu. „Jetzt kennen wir den Schuldigen.“

„Bist du sicher?“, fragte Holly zweifelnd. „Ich begreife immer noch nicht, warum Patterson so etwas tun sollte.“

„Überlass das mir“, sagte Belinda und brachte Milton zurück in den Stall. „Am Freitag fangen die Ferien an, und ab dem nächsten Wochenende bin ich von morgens bis abends im Stall.“

„Dabei fällt mir ein“, bemerkte Tracy. „Was wird eigentlich aus Milton, wenn du die Ferien auf dem Birkenhof verbringst?“

„Das ist längst geklärt“, verkündete Belinda strahlend. „Meine Mutter hat mit Patterson darüber gesprochen. Er hat gesagt, dass ich Milton mitbringen darf, wenn wir für sein Futter bezahlen. Ich muss ihn allerdings von den Rennpferden fern halten, weil Patterson Angst hat, dass Milton irgendwelche Krankheiten einschleppen könnte. Ich habe ihm zwar gesagt, dass mein Pferd kerngesund ist, aber er meinte, das Risiko wäre ihm trotzdem zu groß." Sie zuckte mit den Schultern. „Aber hinter dem Haus gibt es einen alten Stall, den ich benutzen kann."

„Vielleicht sollten wir mitkommen und auch im Stall helfen", schlug Holly vor. „Dann können wir alle zusammen an unserem Fall arbeiten."

„Keine schlechte Idee", bemerkte Tracy.

„Das könnt ihr vergessen!", sagte Belinda energisch. „Patterson wird ganz sicher nicht noch jemanden einstellen – auch euch nicht."

„Vielleicht könnten wir in das Haus an der Straße einziehen", überlegte Holly nachdenklich. „Wenigstens wären wir dann in der Nähe."

„Was?"

„Überlegt doch mal!" Holly erklärte ihren Plan. „So wie das Haus jetzt aussieht, kann Miss Jenkins unmöglich dorthin zurückkehren. Aber wie wäre es, wenn wir dort einziehen und die Hütte für sie auf Vordermann bringen würden?"

„Du vergisst da etwas", sagte Belinda.

„Was denn?", fragte Holly verwundert.

„Diese Polizistin sagte doch, dass Miss Jenkins keine Hilfe annimmt", erinnerte Belinda sie.

„Tja ..." Darüber musste Holly erst einmal nachdenken. „Dann müssen wir ihr eben gut zureden."

„Ihr drei seid also die Mädchen, denen ich mein Leben verdanke.“ Miss Jenkins‘ Aussprache war durch die Nachwirkungen des Schlaganfalls ein wenig undeutlich.

„Danken Sie nicht uns, sondern Toby“, wehrte Belinda ab. „Er hat uns zu Ihnen geführt.“

Der Mystery Club hatte mehrere Tage warten müssen, bevor man den Mädchen endlich erlaubte, Miss Jenkins im Krankenhaus zu besuchen. Deshalb tauchten sie erst am Donnerstag nach der Schule an ihrem Krankenbett auf.

Die alte Dame saß auf dem Stuhl neben dem Bett und hatte ihren teilweise gelähmten linken Arm in den Morgenmantel gesteckt. „Wie geht es Toby? Man hat mir gesagt, dass sich eine von euch um ihn kümmert.“

„Das bin ich“, sagte Tracy. „Es geht ihm gut. Aber er vermisst Sie natürlich.“

„Ich fürchte, er wird noch eine ganze Weile bei dir bleiben müssen“, seufzte Miss Jenkins. „Im Moment kann ich den linken Arm und das linke Bein kaum bewegen. Der Arzt sagt zwar, dass sich das wahrscheinlich wieder gibt, aber es wird einige Monate dauern. Und selbst dann wird es vermutlich nicht mehr so gut wie vorher.“ Tränen funkelten in ihren Augen. „Ich weiß wirklich nicht, wie ich in Zukunft zurechtkommen soll.“

Holly ergriff ihre Hand. „Darüber haben wir auch schon nachgedacht“, sagte sie. „Sie könnten eine Menge Hilfe bekommen, wissen Sie? Dann könnten Sie auch weiterhin in Ihrem Haus wohnen.“

„Aber ich war doch immer so unabhängig“, sagte Miss Jenkins leise.

„Das wären Sie auch weiterhin“, sagte Belinda schnell.

„Sie hätten nur ein wenig Hilfe. Sehen Sie sich doch mal unsere Königin an. Sie hat einen ganzen Haufen Dienstboten, aber ihre Unabhängigkeit hat sie deswegen bestimmt nicht aufgegeben!"
Belindas scherzhaftes Argument wirkte. Miss Jenkins lächelte und wischte sich die Tränen ab. „So habe ich das noch nie betrachtet", sagte sie.
„Und wir könnten Ihnen das Leben in Ihrem Haus ein bisschen erleichtern", sagte Holly.
„Ihr?"
„Ja. Wir könnten aufräumen und sauber machen."
„Wir machen einen großen Frühjahrsputz", versprach Tracy. „Auch wenn es eigentlich schon Sommer ist! Sie werden Ihr Haus nicht wieder erkennen, wenn Sie zurückkommen!"
„Und wir werden Ihnen natürlich regelmäßig Bericht erstatten", fügte Holly hinzu.
Wieder füllten sich die Augen der alten Dame mit Tränen. „Aber das kann ich doch gar nicht annehmen!"
„Wir tun das gern", versicherte Holly ihr. „Außerdem würden Sie damit auch uns einen Gefallen tun."
„Einen Gefallen? Wie das?"
Holly erklärte, dass Belinda in den Sommerferien auf dem Birkenhof arbeiten würde und dass sie und Tracy gern in ihrer Nähe wären.
„Also hätten auch wir etwas davon, wenn wir Ihr Haus hüten dürfen", sagte Tracy und lächelte hoffnungsvoll. „Natürlich nur, solange Sie im Krankenhaus sind."
„Und außerdem wäre Toby dann wieder daheim", fügte Belinda hinzu.
Das gab den Ausschlag. Miss Jenkins war überzeugt.

„Wenn das so ist“, sagte sie, „nehme ich euer Angebot an. Aber wenn ihr Zeit habt, müsst ihr mich besuchen und mir berichten, wie ihr vorankommt.“
„Abgemacht“, versprach Tracy.
„Wisst ihr was“, sagte Miss Jenkins und lächelte die drei an, „vielleicht ist das Ganze doch nicht so schrecklich, wie ich bisher gedacht habe.“
„Auf dem Birkenhof geht es dagegen weiter bergab“, berichtete Belinda, als sie das Krankenhaus verließen. „Jack hat gestern Abend angerufen.“
„Was ist es diesmal?“, fragte Tracy.
„Es ist wieder ein Pferd abgeholt worden. Und Julia, eine der Pflegerinnen, hat gekündigt.“
„War das wieder Pattersons Werk?“, fragte Holly.
„Logisch.“
„Was geht da vor sich?“, murmelte Tracy.
„Was immer es ist“, sagte Holly. „Wir werden es herausfinden. Von diesem Wochenende an wird der Mystery Club rund um die Uhr an dem Fall arbeiten!“

5

Ein neues Pferd für Belinda

Der letzte Schultag begann mit einer Überraschung für Holly.

„Wie ich sehe, läuft dieses Pferd wieder“, bemerkte ihre Mutter beim Frühstück. Seit ihrem Ausflug zum Rennplatz studierte Mrs Adams jeden Morgen die Rennsportbeilage der *Yorkshire Post*.

„Welches Pferd?“, fragte Holly.

„After Dark. Er ist der Favorit. Der Zeitung nach steht seine Quote eins zu eins und die des nächstbesten Pferdes sechs zu eins.“

„Was bedeutet das?“, fragte Hollys jüngerer Bruder Jamie.

Mr Adams schenkte sich noch eine Tasse Kaffee ein. „Wenn du bei einer Quote von sechs zu eins zehn Pfund setzt – und das Pferd gewinnt –, bekommst du sechzig Pfund ausgezahlt.“

„Irre!“, sagte Jamie. „Und wenn man eine Million setzt?“

„Dann gewinnt man sechs Millionen“, erklärte Mr Adams mit einem Lächeln.

„Davon könnte man echt viele Computerspiele kaufen“, stellte Jamie sehnsüchtig fest.

„Du solltest gar nicht daran denken, dein Taschengeld zu verwetten“, lachte Holly. „Weil nämlich After Dark dieses Rennen gewinnen wird.“
„Wie heißt das andere Pferd?“, fragte Jamie seine Mutter.
„Sunstar“, sagte Mrs Adams.
„Ich wette, dass Sunstar gewinnt“, verkündete Jamie.
„Das kannst du vergessen“, widersprach Holly. „Dein Sunstar wird Staub schlucken – und zwar den Staub von After Dark!“
Mr Adams faltete seine Zeitung zusammen. „Wenn ihr es genau wissen wollt, könnt ihr euch das Rennen im Fernsehen ansehen – um Viertel nach vier.“
„Ach“, sagte Holly enttäuscht. „Da komme ich gerade aus der Schule.“
„Ich werde es für dich auf Video aufnehmen“, bot Jamie an. „Dann werden wir ja sehen, wer gewinnt – After Dark oder mein Sechs-Millionen-Pferd!“
Aber Holly hatte bereits eine bessere Idee.

„Was ist, wenn das falsche Programm läuft?“, keuchte Belinda.
„Bei Wetlands stehen dutzende Fernseher“, sagte Holly. „Die sind bestimmt nicht alle auf dasselbe Programm eingestellt.“
Holly, Tracy und Belinda hatten die Schule hinter sich gebracht und rannten jetzt durch die Straßen von Willow Dale. Ihr Ziel war die Fernsehabteilung des großen Kaufhauses Wetlands, denn dort wollten sie sich um Viertel nach vier die Übertragung des Rennens von After Dark ansehen. Es war jedoch schon zehn Minuten

nach vier – inzwischen hatten die Pferde wahrscheinlich den Führring verlassen und galoppierten auf den Start zu –, und die drei waren erst an der Market Street. Das Kaufhaus lag am Ende der Straße. Die Mädchen stürmten auf das rote Ziegelgebäude zu, das diesen Stadtteil dominierte. Die Passanten auf dem Gehweg sprangen erschrocken zur Seite. Drei Minuten vor Beginn des Rennens betrat der Mystery Club das Kaufhaus.

„Die Fernseher stehen im obersten Stock“, rief Holly über die Schulter.

„Wo auch sonst!“, stöhnte Belinda.

„Wir haben keine Zeit mehr, auf den Fahrstuhl zu warten“, entschied Tracy und rannte auf die Rolltreppen zu.

„Wozu die Eile?“, rief Belinda. „After Dark gewinnt auch ohne uns.“

Aber Tracy und Holly wurden schon von der ersten Rolltreppe nach oben befördert. Unter Protest trottete Belinda hinter ihnen her.

In der TV-Abteilung herrschte der übliche Betrieb. Mindestens ein Dutzend Kunden war damit beschäftigt, sich Digitalfernseher mit Großbildschirmen oder Videorekorder anzusehen.

„Hierher!“, rief Tracy. Sie hatte einen kleinen tragbaren Fernseher entdeckt, der auf das Rennprogramm eingestellt war. Die Pferde standen bereits an der Startlinie und traten nervös hin und her.

„Dieser Bildschirm ist viel zu klein“, beschwerte sich Belinda, als sie bei den Freundinnen eintraf. „Das sieht ja aus, als würde man bei einem Ameisenrennen zusehen!“

„Tja, leider blockieren diese beiden Männer da den einzigen anderen Fernseher, der das Rennen zeigt." Mit einer Kopfbewegung deutete Tracy auf zwei Männer mittleren Alters, die wie gebannt auf einen großen Bildschirm starrten.

„Vielleicht haben sie gewettet", vermutete Holly.

„Hoffen wir, dass sie so schlau waren, auf After Dark zu setzen", sagte Belinda. „Er wird dieses Rennen mit zwanzig Längen Vorsprung gewinnen."

„Hör auf zu plappern!", verlangte Tracy. „Sie sind gestartet!" Tracy sah sich unauffällig um und drehte dann die Lautstärke auf.

„Noch ist das Feld dicht gedrängt", sagte der Kommentator. „Insider führt vor Zara's Girl, gefolgt von Salgado und dem Rest des Feldes. Sunstar liegt auf dem letzten Platz."

„Armer Jamie", sagte Holly grinsend. „Seine sechs Millionen kann er wohl vergessen."

„Wo ist After Dark?", fragte Tracy.

„Er schont seine Kräfte", erklärte Belinda ihr. „Er wartet, bis die anderen schlappmachen, dann wird er angreifen."

„Insider führt immer noch vor Zara's Girl und Salgado. Aber da kommt Sunstar – er arbeitet sich auf den vierten Platz vor!"

„Immer noch kein After Dark!", stellte Tracy fest.

„Keine Panik, der kommt noch", versuchte Belinda sie zu beruhigen, obwohl auch ihr mittlerweile Zweifel kamen. Auf dem letzten Drittel konnte sie ihre Zweifel nicht länger für sich behalten. „Da stimmt etwas nicht", sagte sie. „After Dark hätte längst die Führung übernehmen müssen."

Aber After Dark war weit entfernt von einer Spitzenposition. Die auffällige weiße Blesse fiel immer weiter zurück. Auf der Einlaufgeraden erwähnte der Sprecher nicht einmal mehr seinen Namen, und Salgado und Sunstar kämpften um den Sieg. Der Kampf war schnell entschieden – Sunstar hatte noch Reserven und siegte mit mehreren Längen Vorsprung. After Dark landete weit abgeschlagen auf dem letzten Platz.
Belinda, Holly und Tracy starrten mit offenem Mund auf den Bildschirm. Doch die beiden Männer auf der anderen Seite der Abteilung schienen Mühe zu haben, ihren Jubel zu unterdrücken. Tracy starrte die beiden an.
„Die haben anscheinend auf Sunstar gesetzt", seufzte sie.
„Das war furchtbar", murmelte Belinda geschockt. „Absolut furchtbar."
„Wem sagst du das", bemerkte Holly trocken. „Was glaubst du wohl, was ich nachher von Jamie zu hören kriege!"

„Er muss gedopt gewesen sein", behauptete Belinda.
„Unsinn!", widersprach Jack. „Das wäre aufgefallen. Pferde, die ungewöhnlich schlecht abschneiden, werden grundsätzlich getestet."
Der Mystery Club wollte den Beginn der Sommerferien mit einem Abend auf der Bowlingbahn feiern und hatte auch Jack dazu eingeladen. Das Problem war nur, dass auch viele andere Einwohner von Willow Dale Lust auf einen Kegelabend verspürt hatten, und so mussten die vier Freunde lange auf eine freie Bahn warten. Sie nutzten die Zeit, um über das unerwartete Versagen von After Dark zu diskutieren.

„Warum ist er denn sonst so schlecht gelaufen?“, fragte Holly.
„Pferde haben schlechte Tage, genau wie Menschen“, erklärte Jack. „Vielleicht brütet er eine Krankheit aus. Oder er hat irgendwo Schmerzen.“
Belinda nahm einen Schluck von ihrer Cola. „Trotzdem ist es komisch. Bei einem Rennen sieht er aus wie der geborene Sieger und beim nächsten wird er zum absoluten Versager.“
Jack zuckte mit den Schultern. „So etwas kann vorkommen. Beim nächsten Rennen ist er bestimmt wieder in Topform. Darauf wette ich einen doppelten Cheeseburger.“
Die Mädchen lächelten. Diese Wette wollte keine von ihnen riskieren.
„Dann muss ich ihn mir wohl selbst kaufen“, beschwerte sich Jack. „Aber falls mir doch eine von euch einen Cheeseburger spendieren will, dann könnte ich ihr von den erstaunlichen Dingen berichten, die heute im Stall passiert sind.“
Holly, Tracy und Belinda horchten auf. Das war genau das, was sie hören wollten – „erstaunliche Dinge“ auf dem Birkenhof.
„Erzähl es uns zuerst“, forderte Belinda. „Dann entscheiden wir, ob das einen Cheeseburger wert ist.“
„Einen doppelten Cheeseburger mit Speck!“, betonte Jack. „Glaubt mir, was ich euch erzählen kann, ist jeden Penny wert. Ich vermute sogar, dass ihr freiwillig eine Portion Pommes frites dazugeben werdet.“
„Also gut“, sagte Holly. „Aber jetzt erzähl!“
„Es fing heute Morgen an. Als wir mit der ersten

Gruppe Pferde zum Training geritten sind, mussten wir feststellen, dass Craig Simpson, der Stalljockei, gefeuert wurde."

„Was ist ein Stalljockei?", wollte Tracy wissen.

„Ein Jockei, der sich verpflichtet hat, alle Pferde eines Rennstalls zu reiten", erklärte Belinda.

„Stimmt das?", fragte Holly Jack.

„Im Grunde schon", sagte er. „Er muss natürlich nicht jedes Rennen reiten. Manche Besitzer haben ihre Lieblingsjockeis und beauftragen diese, aber wenn der Besitzer keine entsprechenden Anweisungen gibt, reitet der Stalljockei das Pferd."

„War dieser Craig Simpson denn so schlecht?", fragte Tracy.

„Er ist ein Spitzenjockei!", sagte Jack. „Aber das ist noch nicht alles."

„Was denn noch?"

„Patterson hat ihn durch einen Amateur ersetzt!", empörte sich Jack. „Eine Frau namens Gina Brand. Sie reitet erst seit ein paar Monaten Rennen. Wie kommt er nur auf die Idee, so jemanden einzustellen?"

Es herrschte Schweigen, während Holly, Tracy und Belinda nach einem vernünftigen Grund dafür suchten, doch es fiel ihnen keiner ein.

„Und es ist noch etwas Merkwürdiges passiert", fuhr Jack fort. „Heute ist ein neues Pferd gekommen, das Tinseltown heißt. Es kommt direkt aus Irland – und wollt ihr auch wissen, wie?"

„Mit dem Bus?", fragte Tracy grinsend.

„Es kam in einem nagelneuen Pferdetransporter!", beantwortete Jack seine eigene Frage. Er sah von Tracy zu

Holly und dann zu Belinda, als erwartete er eine Reaktion von ihnen.

„Was ist so merkwürdig an einem neuen Transporter?“, fragte Tracy schließlich.

„Seht ihr das denn nicht?“ Jack konnte nicht fassen, wie begriffsstutzig die drei waren. „Der Rennstall geht den Bach runter. Alles geht schief. Jede Woche verlieren wir ein paar Pferde. Angeblich ist das Unternehmen so gut wie pleite …“

„… und trotzdem kauft Patterson einen neuen Transporter“, beendete Holly die Aufzählung für ihn.

„Den wir nicht einmal brauchen“, sagte Jack. „Ist das nun einen doppelten Cheeseburger wert oder nicht?“

„Eigentlich nicht“, sagte Belinda.

„Kommt schon, es ist doch ziemlich merkwürdig, oder?“, bettelte Jack.

„Aber längst nicht so merkwürdig wie das, was Major Douglas sich geleistet hat“, sagte Belinda.

Jack sah sie verblüfft an. „Was denn zum Beispiel?“

„Zum Beispiel hat er Solid Oak für ein Hürdenrennen angemeldet.“

„Ja, und? Was ist daran merkwürdig?“, fragte Tracy.

„Solid Oak ist gar kein Hindernisrennpferd. Er läuft nur Flachrennen.“

„Wer hat dir das erzählt?“, fragte Jack.

„Meine Mutter“, sagte Belinda. „Und einmal hat der Major vergessen, jemandem zu sagen, dass er Young Sonny für ein Rennen in York genannt hat, und Fiona Wilson hat es erst gemerkt, als sie seinen Namen in der Rennzeitung entdeckt hat.“

„Nimmt deine Mutter Drogen?“, fragte Jack lachend.

„Diese Dinge sind niemals passiert, und ich sollte es wissen – schließlich sind Solid Oak und Young Sonny meine Schützlinge!“
„Aber Norman Patterson hat das alles Mrs Hayes erzählt“, beteuerte Holly.
„Nun, dann hat er Unsinn erzählt“, sagte Jack. „Was hat er denn sonst noch gesagt?“
Belinda zählte alle Punkte auf.
„Das sind alles Lügen!“, rief Jack aus, nachdem sie geendet hatte.
„Aber warum sollte er sich so etwas ausdenken?“, fragte Tracy.
„Das müssen wir herausfinden“, sagte Holly. „Und wir werden gleich morgen damit anfangen.“

Am nächsten Vormittag machte es Belinda ihrem Pferd Milton in seiner neuen Box auf dem Birkenhof gemütlich, verabschiedete sich von ihrer Mutter und ging dann auf die Suche nach Jack. Sie fand ihn in einem der neuen Stallgebäude.
„Da bist du ja!“, rief er. „Patterson ist beim Rennen. Komm, ich zeige dir das neue Pferd, denn ab sofort bist du seine Pflegerin.“ Er winkte sie zu einer Box, die bisher leer gestanden hatte.
Belinda trat ein. Ein Pferdekopf mit einer breiten Blesse drehte sich zu ihr. „Das kann doch nicht sein!“, stieß Belinda aus.
„Was kann nicht sein?“, fragte Jack, der ihr gefolgt war.
„Wie war doch gleich der Name dieses Pferdes?“, fragte Belinda.
„Tinseltown. Wieso fragst du? Stimmt etwas nicht?“

Belinda war so verlegen, dass sie am liebsten gar nichts gesagt hätte. „Äh … einen Moment lang dachte ich, es wäre After Dark. Die beiden haben genau dieselbe große Blesse."

Jack fing an zu lachen. „Hast du etwa gedacht, wir hätten ihn Alec Patterson geklaut?"

„Ich weiß, wie albern sich das anhört", gab Belinda zu. „Aber sie sehen sich wirklich ähnlich. Sie könnten Zwillinge sein."

„Davon weiß ich nichts", sagte Jack. „Ich habe mir After Dark nie genau angesehen, weil ich zu viel mit Magic zu tun hatte. Aber eines kann ich dir versichern, was die Leistung angeht, sind sie unterschiedlich wie Tag und Nacht – zumindest sagt das Gina Brand. Sie behauptet, dass dieser Zosse nicht einmal eine Schnecke überholen kann." Jack schob Belinda auf das Pferd zu. „Mach dich ruhig schon mit ihm vertraut. Du wirst in Zukunft viel Zeit mit ihm verbringen."

Belinda trat näher und streichelte Tinseltowns Hals. Das Pferd stupste sie mit der Nase an und berührte ihre Hand mit seinen samtigen Lippen.

„Das ist seine Art, nach einem Leckerbissen zu fragen", sagte Jack schmunzelnd.

Belinda griff in die Tasche und holte ein paar Pferdeleckerlis heraus. Auf der flachen Hand bot sie sie Tinseltown an, und er nahm sie vorsichtig weg. Als er sie im Maul hatte, schwenkte er seinen Kopf auf und ab, als wollte er sich bedanken.

„Siehst du?", sagte Jack. „Höflich ist er auch noch. Zu schade, dass er nicht schnell ist."

„Mir ist egal, wie schnell du bist", flüsterte Belinda dem

Pferd ins Ohr, als Jack gegangen war. „Ich finde dich toll."
Tinseltown stupste sie wieder und berührte ihre Hand.
„Es gibt jetzt nichts mehr", erklärte Belinda ihm.
Das Pferd nickte, als wollte es ihr zustimmen.
„Ich kann es kaum erwarten, Holly und Tracy von dir zu erzählen", sagte Belinda lächelnd und streichelte den glänzenden Hals des Fuchses.

Merkwürdigerweise schienen sich Holly und Tracy an diesem Abend kein bisschen für Belindas neuen Liebling zu interessieren. Sie wollten nur noch ins Bett.
„Wir hatten einen harten Tag", erklärte Holly. „Das Haus ist viel chaotischer, als wir gedacht haben. Es wird ewig dauern, hier Ordnung zu machen."
„So ein Pech." Belindas Mitgefühl hielt sich in Grenzen.
„Aber zurück zu Tinseltown", fuhr sie fort. „Wisst ihr, als ich ihn das erste Mal sah, dachte ich, er wäre After Dark. Diese großen Blessen sind nämlich ziemlich selten."
„Für mich sehen alle Pferde gleich aus", bemerkte Tracy und gähnte. „Rate mal, was ich im Küchenschrank gefunden habe."
„Staub?", vermutete Belinda.
„Das auch", bestätigte Tracy. „Der Staub liegt hier überall knöcheldick. Aber das meinte ich nicht."
„Was denn?"
„Ein Glas voller …" Tracy sah Holly an. „Was sagtest du noch, wie die Dinger heißen?"
„Farthings", verkündete Holly.
„Nie davon gehört." Belinda wollte lieber wieder von Tinseltown erzählen.

„Das sind kleine Kupfermünzen“, erklärte Holly. „Vier davon waren einen alten Penny wert.“
„Und was ist ein alter Penny?“
„Das war das Geld, das ungefähr zu der Zeit gültig war, als unsere Eltern geboren wurden. Die Farthings sind noch viel älter, ich schätze, dass man sie etwa zur Zeit der Arche Noah aus dem Verkehr gezogen hat. Mein Dad hat ein paar, die sein Großvater ihm geschenkt hat.“
„Sind sie wertvoll?“
„Nicht sehr.“
„Warum reden wir dann darüber?“
„Weil es beweist, dass Miss Jenkins nie etwas weggeworfen hat. Du würdest nicht glauben, was wir schon alles gefunden haben.“
„Nein, wohl nicht“, sagte Belinda. „Und ihr würdet nicht glauben, wie klug Tinseltown ist. Wenn er etwas zu naschen haben will, stupst er einen mit der Nase und berührt dann die Hand, die ihn füttern soll.“
„Und das nennst du klug?“, fragte Tracy. „Du solltest mal sehen, was Toby macht, wenn er etwas haben will.“
Toby lag an der Tür und hob den Kopf, als er seinen Namen hörte.
„Schon gut, Toby!“, rief Tracy ihm zu. „Du kannst weiterschlafen.“
Der Hund ließ den Kopf wieder auf die Pfoten sinken.
Belinda seufzte. „Gut, vielleicht ist klug das falsche Wort. Aber es ist zumindest ungewöhnlich. Ich habe noch nie erlebt, dass ein Pferd so etwas macht.“
„Er scheint ein Pferd mit Charakter zu sein“, sagte Holly. „Vielleicht kommen wir morgen mal vorbei und sehen ihn uns an.“

„Geniale Idee!“, freute sich Belinda. „Wenn ihr rechtzeitig zur Morgenarbeit da seid, könnt ihr ihn rennen sehen. Wir treffen uns morgen früh um acht auf dem Hof. Aber bringt Toby nicht mit – er könnte die Pferde scheu machen.“
Bevor Tracy oder Holly widersprechen konnten, war Belinda auch schon weg. Sie übernachtete im Angestelltentrakt auf dem Birkenhof, der im Vergleich zu Miss Jenkins' kleinem, unordentlichen Häuschen geradezu luxuriös wirkte.
„Eigentlich wollte ich morgen ausschlafen“, beschwerte sich Tracy bei Holly.
„Ach, vielleicht haben wir Glück, und es gießt wie aus Kübeln“, sagte Holly. „Dann müssen wir nicht hinfahren.“

Doch es goss nicht wie aus Kübeln. Um halb acht schien die Sonne, und am Himmel war keine einzige Wolke zu sehen.
„Müssen wir Toby wirklich hier lassen?“, fragte Tracy. „Er glaubt, dass er mitkommen darf.“
Toby sprang aufgeregt um sie herum, als sie ihre Räder startklar machten.
„Du hast Belinda doch gehört“, sagte Holly. „Pferde und Hunde vertragen sich nicht.“
„Also gut, Toby, ab ins Haus!“, befahl Tracy so energisch wie sie nur konnte.
Toby flitzte weiter durch den Garten und wartete darauf, dass es endlich losging.
„Ein Wort von dir, und er tut, was er will“, grinste Holly. „Wir werden raffinierter vorgehen müssen.“ Sie

verschwand im Haus und kam einen Moment später mit einem Napf voll Trockenfutter wieder. Toby rannte zwar aufs Haus zu, weigerte sich aber reinzugehen. Er stand auf der Schwelle und sah seinen Napf sehnsüchtig an.
„Dumm ist er nicht", stellte Tracy fest. „Er weiß genau, dass du die Tür zuschlägst, sobald er im Haus ist."
„Dann machen wir es anders", sagte Holly. „Ich stelle den Napf in den Garten, und während er frisst, radeln wir schnell davon. Bis der Napf leer ist, sind wir längst außer Sichtweite."
Der Plan funktionierte perfekt, und zwanzig Minuten später kamen Holly und Tracy auf dem Birkenhof an. Belinda führte Milton auf dem Hof herum.
„Ihr wolltet doch um acht hier sein", rief sie vorwurfsvoll. „Die anderen sind schon losgeritten!"
„Wir hatten ein Hundeproblem", erklärte Holly.
„Mit Hunden umzugehen ist doch kinderleicht", seufzte Belinda. „Man muss ihnen nur zeigen, wer der Boss ist."
„Toby weiß, wer der Boss ist", bemerkte Holly grinsend. „Er selbst!"
Belinda schwang sich in den Sattel und nahm die Zügel auf. „Los geht's!" Milton trabte los, und Holly und Tracy radelten hinter ihm her.
Die Strecke zum Trainingsgelände führte zuerst ein Stück an der Straße entlang und dann über einen Reitweg auf eine grasbewachsene Hügelkuppe. Schon aus einiger Entfernung zeichneten sich die galoppierenden Pferde und eine kleine Gruppe von Zuschauern gegen den Himmel ab. Als die Mädchen näher kamen, konnten sie erkennen, dass auch Jack und Norman Patterson zu den Beobachtern gehörten. Patterson hatte in der

einen Hand ein Fernglas und in der anderen eine Stoppuhr. Gelegentlich schrie er den Reitern eine Anweisung zu.

„Näher heran darf ich nicht", sagte Belinda. „Milton soll nicht in die Nähe der Rennpferde kommen. Ihr könnt aber ruhig zu Jack gehen."

Holly und Tracy legten ihre Räder ins Gras und gingen auf die Gruppe zu.

Als Jack sie bemerkte, kam er ihnen entgegen. „Haltet lieber etwas Abstand", warnte er sie. „Patterson hat miese Laune. Er wird uns nur anschreien, wenn er sieht, dass wir miteinander reden."

Der Trainer hatte bereits einen finsteren Blick in ihre Richtung geworfen. Um kein Risiko einzugehen, führte Jack die beiden Mädchen außer Hörweite.

„Wer sind die anderen Leute, die da bei Patterson stehen?", fragte Holly, als Jack ihnen zu verstehen gab, dass sie nun gefahrlos reden konnten.

„Ein paar neugierige Journalisten, ein oder zwei Besitzer und einige Einheimische, denen es Spaß macht, die Pferde zu beobachten."

„Welches ist das Pferd, das Belinda betreut?", fragte Tracy. „Tinseltown?"

„Es ist das vorletzte. Gina Brand reitet ihn." Jack zeigte auf einen Fuchs, dessen lange Galoppsprünge einen gleichmäßigen und kraftvollen Eindruck machten.

Die Pferde galoppierten jetzt im Renntempo, und ihre Reiter duckten sich tief über die Pferdehälse.

„Ich habe Tinseltown hergeritten", erklärte Jack. „Aber Patterson will, dass sich Gina an ihn gewöhnt. Sie reitet ihn am Wochenende in seinem ersten Rennen."

Die Pferde hatten das Ende der Galoppstrecke erreicht und kamen jetzt langsam zurück, tänzelnd und schnaubend nach der Aufregung des Rennens.
„Ich muss jetzt gehen“, sagte Jack. „Ich muss Tinseltown beruhigen und zum Stall zurückreiten.“
Holly und Tracy folgten Jack zu der kleinen Gruppe von Zuschauern. Gina Brand hatte sich von der Reitergruppe getrennt und trabte auf Patterson zu.
„Nun? Was halten Sie von ihm?“, rief der Trainer ihr entgegen.
„Reine Zeitverschwendung!“, rief die Frau zurück. „Ich habe schon schnellere Esel am Strand geritten.“
„Sind Sie sicher, dass Sie alles aus ihm herausgeholt haben?“, fragte der Trainer streng.
„Suchen Sie sich doch einen anderen Jockei, wenn Sie glauben, dass der Gaul dann besser läuft“, fauchte sie. „Mir soll das nur recht sein!“
Die Reiterin sprang ab, und Jack eilte zu ihr, um ihr das Pferd abzunehmen.
„Also ehrlich, Norman“, fuhr Gina fort und ging auf den Trainer zu, „Sie sollten den Klepper lieber zurückziehen – mit dem blamieren wir uns bis auf die Knochen.“
Patterson schüttelte den Kopf. „Das kann ich nicht. Die Besitzer bestehen darauf, dass er am Wochenende läuft.“
„Typisch für Belinda, dass ausgerechnet sie einen so lahmen Gaul betreuen muss“, flüsterte Tracy.
Doch Holly antwortete nicht. Sie beobachtete, wie Tinseltown mit seiner weißen Nase Jacks Brust anstupste und dann seine Hand. Jack griff in die Tasche und belohnte das Pferd mit einer Hand voll Futter.

„Hast du das gesehen?“, fragte Holly Tracy. „Das ist wirklich süß – genau wie Belinda gesagt hat.“
Tracy gab ein zustimmendes Gemurmel von sich, doch ein anderes Geräusch lenkte sie ab – das Gebell eines Hundes. Sie schaute in die Richtung, aus der sie gekommen waren. Toby rannte quer über die Grasfläche auf sie zu.
„Oh nein, wie hat der denn hergefunden?“, stöhnte sie. „Jetzt werden wir Ärger kriegen.“
Und Tracy hatte keine Ahnung, wie groß dieser Ärger sein würde. Kaum hatte Toby sie entdeckt, raste er mit begeistertem Gebell auf sie zu.
„Fangt den Hund ein!“, schrie Patterson. „Bevor die ganze Gruppe durchgeht!“
Doch es war zu spät. Die Reiter hatten bereits alle Hände voll zu tun, um ihre aufgeregten Pferde zu beruhigen. Das war nicht einfach, aber wenigstens saßen die meisten von ihnen im Sattel und hielten die Zügel kurz. Jack hatte weniger Glück. Er war gerade aufgesessen, als Tinseltown vor Tobys Gebell scheute. Das entsetzte Pferd bockte, und Jack fielen die Zügel aus der Hand. Bevor ihn jemand festhalten konnte, hatte Tinseltown auch schon eine schnelle Wendung gemacht und raste kopflos davon.
Jack packte die Zügel und versuchte verzweifelt, Tinseltown wieder unter Kontrolle zu bringen, da das Pferd aber bergab flüchtete, wurde es schneller und schneller. Es ging durch, und es gab nichts, was Jack dagegen tun konnte.
Fünfzig Meter vor ihm befand sich ein stabiler Holzzaun, der das gesamte Trainingsgelände umgab. Tinsel-

town stürmte blindlings auf diesen Zaun zu. Er hatte die Ohren angelegt und näherte sich unaufhaltsam dem Zaun – einem Zaun, der so hoch war, dass er ihn unmöglich überspringen konnte.

Die Beobachter sahen hilflos zu.

„Da!“ Holly zeigte quer über die Wiese, wo ein zweites Pferd mit Reiter auf den Zaun zustürmte.

„Das ist Belinda!“, schrie Holly. „Sie versucht, ihm den Weg abzuschneiden!“

Milton rannte, so schnell er konnte, doch es war nicht abzusehen, ob er den Zaun noch vor dem Durchgänger erreichen würde. Belinda trieb Milton an, so gut es ging, doch Tinseltown trennten nur noch zwanzig Meter von der Katastrophe. Und plötzlich sah es so aus, als spürte Milton, in welcher Gefahr das andere Pferd schwebte, und er mobilisierte alle Reserven. Belinda steuerte ihn auf Tinseltown zu, der instinktiv zur Seite auswich.

Belinda nutzte die Gelegenheit, nach den Zügeln des Durchgängers zu greifen, doch leider verlor sie dabei das Gleichgewicht und kippte zur Seite. Einen Moment lang klammerte sie sich noch an Jacks Handgelenk und dann fielen beide gleichzeitig zwischen die wirbelnden Hufe.

6

Ein überraschender Sieg

Die beiden Gestürzten blieben bewegungslos liegen.
„Belinda!“ Holly war die Erste, die bei ihnen war. „Belinda, bist du in Ordnung?“
Belinda schlug die Augen auf und starrte ihre Freundin an. „Kann man hier nicht einmal in Ruhe ein Nickerchen machen?“, fragte sie leicht benommen.
Holly atmete auf. Belinda fehlte offensichtlich nichts. „Belinda, du warst klasse!“, rief sie aus.
„Ich weiß. Aber was ist mit Jack und den Pferden?“
Jack hatte sich aufgesetzt. Tinseltown und Milton grasten in einiger Entfernung – ihre Panik hatte sich genauso schnell wieder gelegt, wie sie aufgeflammt war.
„Was hast du dir dabei gedacht?“ Patterson marschierte auf Jack zu und schrie aus vollem Halse. „Ich habe dich nur eingestellt, weil ich dachte, dass du reiten kannst!“
„Es ging alles so schnell, Mr Patterson.“ Jack verzog das Gesicht und rieb sich die rechte Schulter.
„Der Bursche konnte nichts dafür“, meldete sich einer der Journalisten zu Wort. „Er saß noch gar nicht richtig im Sattel, als das Pferd durchging.“
Patterson gab sich geschlagen. „Das ist wohl wahr“, gab er zögernd zu. „Der verdammte Hund war schuld.“

Er sah sich suchend um. Tracy hockte ein Stück von ihm entfernt im Gras, hielt Toby am Halsband fest und versuchte, ihn ruhig zu halten.
„Ist das dein Köter?", schrie Patterson sie an.
„Gewissermaßen", rief Tracy zurück.
„Was soll das heißen?"
„Wir passen nur für jemanden auf ihn auf", erklärte Holly.
Patterson fuhr herum. „Gehörst du auch dazu?"
„Wir haben ihn nicht mitgebracht", versuchte Holly zu erklären. „Er muss uns nachgelaufen sein."
„Nun, wenn ich eine von euch noch einmal sehe, werde ich euch nachlaufen – mit einer Reitpeitsche! Und jetzt geht mir aus den Augen!"
Holly und Tracy wagten nicht zu widersprechen. Patterson war so wütend, dass nicht abzusehen war, was er als Nächstes tun würde. Hastig rannten sie zu ihren Rädern und fuhren zurück zu Miss Jenkins' Haus. Toby sprang ausgelassen um sie herum. Anscheinend war er der Einzige, dem die Ereignisse dieses Morgens großen Spaß gemacht hatten.

„Wie geht es Jack?", fragte Holly, als Belinda später vorbeikam.
„Ganz gut. Seine Schulter tut zwar weh, aber ich denke, dass sich das in ein oder zwei Tagen wieder gibt", berichtete Belinda.
Die drei saßen vor dem Haus und genossen die letzten Strahlen der Abendsonne.
„Und was ist mit Patterson?", fragte Holly.
„Er ist begeistert von mir", erklärte Belinda stolz. „Er

sagt, ich hätte Tinseltown das Leben gerettet. Ich habe nicht erwähnt, dass ihr meine besten Freundinnen seid", fügte sie hinzu. „Er muss schließlich nicht alles wissen."

„Wenn er das wüsste, hätte er dich wahrscheinlich am Kragen gepackt und vor die Tür gesetzt", sagte Tracy.

„Oder dich mit der Reitpeitsche versohlt!"

Holly überflog die Eintragungen im Mystery-Club-Notizbuch. Bisher ergaben sie nicht viel, aber sie war sich sicher, dass da noch etwas war, was sie übersehen hatten.

„Gibt es etwas Neues?", fragte sie Belinda.

„Nur das Übliche", sagte Belinda.

„Was zum Beispiel?"

„Zum Beispiel das Rennen am Samstag, für das Tinseltown genannt ist."

„Wenn er so läuft wie vorhin, als Toby ihn erschreckt hat, wird er mit einem Kilometer Vorsprung gewinnen." Tracy kraulte den dösenden Hund. Toby reckte sich genüsslich und wälzte sich auf den Rücken, um sich auch den Bauch kraulen zu lassen.

„Das sollte man annehmen", gab Belinda zu. „Aber alle Pferde rennen wie verrückt, wenn sie durchgehen. Das bedeutet nicht, dass sie es auch auf der Rennbahn können und dieses Tempo auch ein ganzes Rennen lang durchhalten."

„Dann wird Tinseltown also verlieren?"

„Du hast doch gehört, was Gina Brand heute Morgen gesagt hat", erinnerte Tracy Holly. „Sie hat schon schnellere Esel am Strand geritten."

„Das ist noch nicht alles", sagte Belinda. „Es wird außerdem ein hochklassiges Rennen sein. Tinseltown muss gegen Spitzenpferde antreten, obwohl er bisher erst einmal in Irland gelaufen ist, wo er als Letzter durchs Ziel ging. Jack sagt, dass die Quote für ihn mindestens fünfundzwanzig zu eins stehen wird."

„Also solltest du deinen Lohn lieber nicht auf ihn setzen", bemerkte Tracy grinsend.

„Ihr habt gut lachen", beschwerte sich Belinda. „Aber ich muss Tinseltown im Führring herumführen und ihn nach dem Rennen wieder in den Stall bringen. Ich werde mich zu Tode schämen. Und das Schlimmste ist, dass meine Eltern zusehen werden."

„Das werden wir auch", verkündete Tracy hinterhältig.

„Das tut ihr nicht!" Belinda sprang auf.

„Und ob wir das tun!", betonte Tracy. „Deine Eltern nehmen uns doch sicher gern mit, nicht wahr?"

„Ich werde vor Verlegenheit sterben!", stöhnte Belinda.

„Vielleicht macht Patterson das genau deswegen", überlegte Holly.

„Um Belinda zu blamieren? Das glaube ich kaum", sagte Tracy. „Das schafft sie auch ohne seine Hilfe."

„Nein, um den Birkenhof zu blamieren", sagte Holly. „Vielleicht nicht gerade, um ihn zu blamieren, aber um den Anschein von Unfähigkeit zu erwecken."

„Aber warum sollte er so etwas tun? Und außerdem hat er doch heute Morgen Gina Brand gesagt, dass die Besitzer darauf bestehen, dass Tinseltown läuft. Er hat ja gar keine andere Wahl."

„Dafür haben wir nur Pattersons Wort", gab Holly zu bedenken. „Vielleicht steckt dahinter die Absicht, den Birkenhof zu ruinieren. Ich weiß zwar nicht warum, aber ich finde die Frage wichtig." Sie schrieb sie in

Großbuchstaben in ihr Notizbuch: WARUM WILL PATTERSON, DASS DER BIRKENHOF GESCHLOSSEN WIRD? „Wenn wir die Antwort auf diese Frage kennen“, erklärte sie, „dann ergibt wahrscheinlich auch alles andere einen Sinn.“

In den nächsten Tagen taten Holly, Tracy und Belinda nichts anderes als zu arbeiten.
Belinda merkte schnell, wie anstrengend ihr Job im Rennstall tatsächlich war. Der Tag begann schon morgens um fünf, und neben den Pferden, die ihr zugeteilt waren, musste sie sich auch noch um Milton kümmern. An manchen Abenden war sie sogar zu müde, um noch zu Holly und Tracy hinüberzufahren, und fiel direkt nach der Arbeit ins Bett.
Holly und Tracy erging es nicht viel besser. Die Arbeit, die sie sich aufgehalst hatten, war viel umfangreicher, als sie angenommen hatten. Miss Jenkins' Haus war seit Jahrzehnten verwahrlost. Es war zu Beginn des 19. Jahrhunderts als einfaches Landarbeiterhäuschen gebaut worden und hatte sich erstaunlich wenig verändert. Das Haus zu betreten war so, als würde man eine Zeitreise machen. Mittlerweile gab es im Haus zwar Strom, und in den Fünfzigerjahren war auch ein Badezimmer an die Rückseite angebaut worden, doch die große alte Badewanne war fleckig, und an manchen Stellen war das E-Mail abgeplatzt. Der hintere Raum im Erdgeschoss war das Wohnzimmer, und der vordere wurde als Küche genutzt. Dort stand ein riesiges Spülbecken aus Porzellan neben einem Elektroherd, der aussah, als hätte er schon vor Jahrzehnten auf den Sperrmüll gehört.

Nach drei Tagen schienen Tracy und Holly keine nennenswerten Fortschritte gemacht zu haben.
„Wir brauchen eine Strategie", sagte Holly, während sie darauf wartete, dass das Wasser im Teekessel kochte. „Wenn wir so weitermachen wie bisher, werden wir nie fertig."
Sie entschieden sich dafür, einen Raum nach dem anderen leer zu räumen. Dann würden sie ihn vom Boden bis zur Decke sauber machen und das ganze Zeug durchsehen und sortieren, bevor sie es wieder einräumten. Und wenn ein Zimmer fertig war, wollten sie das nächste in Angriff nehmen.
„Jetzt, wo es hier so sauber ist, sieht man erst, dass die Wände dringend einen Anstrich brauchen, findest du nicht?", fragte Tracy nach einem prüfenden Blick an die Küchenwand.
„Oh nein!", stöhnte Holly. „Ich hasse anstreichen! Außerdem müssen wir Miss Jenkins erst fragen, ob ihr das recht ist."
„Das machen wir, wenn wir sie das nächste Mal besuchen", sagte Tracy.

Als sie Miss Jenkins ein paar Tage später ihren Vorschlag unterbreiteten, war die alte Dame sofort begeistert.
„Das wäre wundervoll", sagte sie. „Es ist schon so viele Jahre her, seit das Haus zum letzten Mal gestrichen wurde. Wird euch das auch bestimmt nicht zu viel?"
„Nein, überhaupt nicht", behauptete Tracy. „Wir streichen alles weiß, wenn das für Sie in Ordnung ist."
„Ja, dann wirken die Räume heller", sagte Miss Jenkins. „Das ist wichtig, wenn die Fenster so klein sind. Also,

viel Geld habe ich zwar nicht", die alte Dame griff nach ihrem Portmonee, „aber für die Farbe und ein paar andere Kleinigkeiten wird es wohl reichen."
„Das ist nicht nötig", sagte Tracy schnell. „Darum kümmern wir uns."
Miss Jenkins lehnte sich zurück und seufzte erleichtert. „Ich bin euch wirklich dankbar", sagte sie. „Aber ich tue euch doch auch einen Gefallen, nicht wahr?"
„Allerdings", versicherte Holly hastig.
„Das freut mich. Ich weiß, dass es nicht sehr gemütlich ist, aber ich möchte, dass ihr euch wie zu Hause fühlt."
„Das tun wir", sagte Tracy. „Und wir können es kaum erwarten, mit dem Streichen anzufangen, stimmt's, Holly?"
„Stimmt." Holly versuchte so zu klingen, als wäre es ihr ernst damit. Schließlich sollte sich Miss Jenkins nicht aufregen.

„Mit der Rolle dauert das Streichen keine zehn Minuten", behauptete Tracy am nächsten Tag, als sie den Deckel vom Farbeimer zerrte.
„Wie lange?", fragte Holly ungläubig.
„Also gut, ein oder zwei Stunden – höchstens drei oder vier. Weißt du was?", fragte Tracy. „Ich streiche Wände und Decke und du sortierst inzwischen die Zeitungsstapel und das andere Zeug."
Holly war froh über dieses Angebot. Sie fand es faszinierend, in den Dingen herumzustöbern, die Miss Jenkins im Laufe der Jahre angesammelt hatte. Genau genommen verbrachte sie so viel Zeit damit, fasziniert zu sein, dass Tracy anfing, sich zu beschweren.

„Ich bin mit der Decke fertig und du hast nicht einmal die oberste Schublade durchgesehen!"

„Ja, aber sieh dir die doch einmal an. Sind die nicht wunderschön?" Holly zeigte Tracy eine kunstvoll bestickte Postkarte. „Hier müssen zwanzig oder dreißig davon sein. Im Ersten Weltkrieg haben die Soldaten solche Karten an ihre Angehörigen und Freundinnen geschickt. Die hier muss Miss Jenkins' Vater ihrer Mutter geschrieben haben. Komm und lies sie."

„Später", sagte Tracy. „Jetzt gehe ich mir erst mal das Schlafzimmer ansehen – ich finde, das sollten wir als Nächstes in Angriff nehmen."

Während Holly die nächste Postkarte las, ging Tracy nach oben. Ein paar Minuten später kam sie zurück. „Schlechte Nachrichten!", verkündete sie. „An der Decke ist ein feuchter Fleck. Das Dach muss undicht sein. Irgendwelche Vorschläge?"

Bevor Holly etwas sagen konnte, beantwortete Tracy ihre eigene Frage. „Ich weiß, was wir tun. Erinnerst du dich an den Kleinbus, der an dem Tag, an dem wir Miss Jenkins fanden, hier vorbeigerast ist und nicht angehalten hat?" Holly nickte. „Seit wir hier sind, habe ich ihn mindestens einmal am Tag vorbeifahren sehen."

Holly legte die Postkarten zurück. „Und was ist damit?"

„Er hat einen Schriftzug auf der Seite: *Dawson und Hackett – Reparaturen aller Art*. Ich schätze, dass sie in dem Haus am Ende der Straße wohnen oder arbeiten."

„Und?"

„Sie fahren jeden Tag hier vorbei", sagte Tracy. „Es würde sie keine zwanzig Minuten kosten, ein paar lose Dachziegel wieder festzumachen. Und es ist bestimmt viel billiger, als einen Handwerker aus Willow Dale kommen zu lassen."

Holly schob die Postkarten zu einem ordentlichen Stapel zusammen. „Einen Versuch ist es wert", sagte sie. „Aber ich glaube nicht, dass Miss Jenkins viel Geld für Reparaturen hat. Wir müssen darauf achten, dass es nicht zu teuer wird."

Es war ein glühend heißer Tag, und Tracy beschloss, zu Fuß zum Haus am Ende der Straße zu gehen. Das Haus lag ein Stück von der Straße entfernt und war von einem Wäldchen umgeben. Der Schatten der Bäume war eine willkommene Erleichterung für Tracy, als sie der mit Unkraut bewachsenen Zufahrt zum Haus folgte. Ihr erster Blick auf das Haus war eine Überraschung. Es sah aus, als hätte es jahrelang leer gestanden. Von den Fensterrahmen blätterte die Farbe ab, und die uralten Spitzengardinen waren vergilbt. An einer Stelle war die Dachrinne abgebrochen und hing herunter. Außerdem konnte Tracy erkennen, dass es bei diesem Haus mehr als nur eine Hand voll loser Dachziegel gab.

„Hier ist wirklich viel zu tun", sagte sich Tracy. „Wahrscheinlich arbeiten die beiden daran."

Der Kleinbus stand zwar nicht vor dem Haus, Tracy klopfte aber trotzdem an die Haustür. Gerade, als sie sich damit abfinden wollte, dass sie vergeblich gekommen war, wurde die Tür aufgerissen. Ein Mann erschien, der aussah, als wäre er gerade aus dem Bett gefallen.

„Was willst du?", knurrte er.

„Mr Hackett?", fragte Tracy und setzte ihr gewinnendstes Lächeln auf.

Einen Moment lang herrschte Stille, während der Mann versuchte, wach zu werden.
„Dawson!", stieß er schließlich hervor.
Tracy begann, das Problem mit Miss Jenkins' Dach zu erklären.
Dawson hörte einen Moment lang zu, doch dann fiel er ihr ins Wort. „Du hast vielleicht Nerven!", fauchte er. „Mich zu Hause zu belästigen – und das wegen dem Dach von irgendeiner alten Kuh!"
„Aber Sie sollen es doch nicht umsonst machen!", protestierte Tracy. „Wir dachten nur, weil Sie doch in der Nähe wohnen ..."
„Vergiss es", unterbrach er sie grob. „Wir leben hier draußen, um nicht länger mit diesen Kleinaufträgen belästigt zu werden. Und jetzt verschwinde, bevor ich die Hunde auf dich hetze." Mit einem Knall warf er die Tür zu.
„Auf welche Benimmschule ist der denn gegangen?", murmelte Tracy, als sie sich zum Gehen wandte. Sie war schon fast wieder an der Straße, als Motorengeräusch ertönte. Sie trat auf den überwucherten Straßenrand, und einen Moment später tauchte der schwarze Kleinbus der Baufirma auf.
Der Fahrer entdeckte sie und bremste. „Was hast du hier zu suchen?", fragte er durchs offene Fenster.
„Ich war gerade bei Mr Dawson", sagte Tracy.
„Dawson? Was wolltest du von ihm?"
„Sind Sie Mr Hackett?"
„Hackett – ja. Warum?"
Tracy erzählte ihre Geschichte zum zweiten Mal. Hackett besaß wenigstens genügend Anstand, sie ausre-

den zu lassen. Als sie geendet hatte, nickte er verständnisvoll.
„Wir würden helfen, wenn wir könnten“, sagte er. „Aber das hier ist ein großer Auftrag – und wir liegen jetzt schon im Zeitplan zurück. Im Moment können wir leider keine anderen Arbeiten annehmen. Aber wenn du ins Telefonbuch schaust, findest du bestimmt jemanden, der Zeit hat.“
Er legte den Gang ein und schoss die Auffahrt hinunter. Tracy sah ihm nach, dann rannte sie zurück zu Miss Jenkins' Haus. Vollkommen verschwitzt kam sie dort an.
„Du siehst aus, als könntest du etwas Kaltes zu trinken brauchen“, stellte Holly grinsend fest. „Du hattest doch nicht etwa Probleme?“
„Spar dir die Witze“, sagte Tracy, „und hör dir das an.“ Sie erzählte Holly, was die beiden Männer zu ihr gesagt hatten. „Was sagst du jetzt?“
Holly zuckte die Schultern. „Dass die Typen nicht besonders hilfsbereit sind?“
„Das meine ich nicht. Was ich meine, ist, dass sie mir zwei unterschiedliche Geschichten erzählt haben. Der eine hat gesagt, sie wären dort zu Hause, und der andere hat behauptet, sie würden dort arbeiten.“
Holly dachte darüber nach. „Und was sagt uns das?“
„Dass einer von beiden gelogen hat.“
„Nicht, wenn sie das Haus gekauft haben und es jetzt herrichten, um darin zu wohnen“, gab Holly zu bedenken.
Tracy machte ein nachdenkliches Gesicht. „Diesen Eindruck hatte ich nicht.“
„Dann hast du vielleicht einen ganz falschen Eindruck.

Es kann natürlich auch sein, dass beide lügen und dass sie in Wirklichkeit zwei Bankräuber auf der Flucht vor der Polizei sind und dich nur deshalb möglichst schnell wieder loswerden wollten", bemerkte Holly.

„Soll das eine ernst zu nehmende Schlussfolgerung sein?", fragte Tracy und sah Holly misstrauisch an.

„Nun hör schon auf", sagte Holly. „Die Typen waren einfach unhöflich, sonst nichts."

„Kann sein", meinte Tracy. „Aber eines ist sicher – ich habe die beiden schon einmal gesehen, aber mir fällt nicht ein, wo das war."

„Wahrscheinlich auf einem Fahndungsplakat vor der Polizeiwache", stichelte Holly. „Was hältst du davon, dich jetzt wieder an die Arbeit zu machen? Vielleicht hilft das deinem Gedächtnis auf die Sprünge ..."

Nach mehreren Tagen und einer Fahrt zum Rennen mit Holly und Mr und Mrs Hayes fiel Tracy endlich wieder ein, wo sie Dawson und Hackett schon einmal gesehen hatte.

Die beiden Mädchen hatten gerade zugesehen, wie Belinda Tinseltown im Führring herumführte. Belinda hatte ihren Schützling auf Hochglanz poliert, damit er wenigstens sein Aussehen nicht zu verstecken brauchte. Doch sobald das Rennen gestartet war, ging es nicht mehr um Schönheit, sondern nur noch um Schnelligkeit, und Belinda schwante Böses. Holly und Tracy hatten Mitleid mit ihrer Freundin. Da sie aber keine Möglichkeit sahen, ihr zu helfen, verzogen sie sich auf die Tribüne, um von dort aus das Rennen zu verfolgen.

Von ihren Plätzen aus konnten sie die Anzeigetafeln der

Buchmacher sehen. Sie standen auf Holzkisten neben ihren Tafeln und schrien die Quoten für das bevorstehende Rennen in die Menge. Immer wenn ein Besucher sein Wettgeld abgab, bekam er dafür einen Beleg, und der Gehilfe des Buchmachers notierte die Wette in einem dicken Buch. Nachdem das erledigt war, blieb dem hoffnungsvollen Pferdenarren nur noch eines zu tun – er musste sich einen Platz suchen, von dem aus er den Lauf seines Favoriten beobachten konnte.

Tracy war fasziniert von dem Treiben rund um die Buchmacherstände. Plötzlich blieb ihr Blick an einem bestimmten Mann hängen, und sie schnappte unwillkürlich nach Luft. „Jetzt weiß ich es wieder!“, rief sie.

„Was weißt du?“ Holly sah ihre Freundin neugierig an. Sie hatte Tinseltown auf seinem Weg zum Start beobachtet. Er trottete schon jetzt mit einigem Abstand hinter den anderen her.

„Jetzt weiß ich wieder, wo ich Dawson und Hackett schon einmal gesehen habe“, erklärte Tracy.

„Wo?“

„An dem Tag, als After Dark lief, waren sie bei Wetlands und haben ferngesehen.“

„Wie bist du denn darauf gekommen?“, fragte Holly.

„Weil Hackett da unten ist und seine Wette platziert!“, verkündete Tracy. „Siehst du ihn? Es ist der Kerl in dem hellblauen Anzug.“

Jetzt wurde Holly aufmerksam. „Bist du sicher, dass er das ist?“, fragte sie.

„Ganz sicher!“, bestätigte Tracy. „Siehst du? Gerade geht er zum nächsten Buchmacher.“

„Also, wenn er jetzt sein Geld auf Tinseltown setzt, sollte

er lieber nicht daran denken, seinen Job aufzugeben!", stellte Holly grinsend fest.

Sie sahen zu, wie der Bauunternehmer dem Buchmacher ein Bündel Banknoten reichte und dafür seinen Beleg bekam. Er schaffte es gerade noch rechtzeitig. Im nächsten Moment verkündete ein Aufschrei der Besucher, dass das Rennen gestartet war.

„Sie sind gestartet!" Die Stimme des Kommentators dröhnte aus den Lautsprechern. Er nannte die Namen aller teilnehmenden Pferde und ganz zum Schluss auch den von Tinseltown, der tapfer hinter dem Feld hergaloppierte.

„Welche Überraschung!", bemerkte Tracy sarkastisch. Sie ließ die auffällige Blesse, die sich an der Innenbahn auf und ab bewegte, nicht aus den Augen.

„Anscheinend hatte Gina Brand Recht!", rief Holly, die versuchte, sich trotz des Geschreis der Zuschauer verständlich zu machen.

Nach der Hälfte der Strecke lag Tinseltown immer noch an letzter Stelle, doch war er wenigstens nicht noch weiter zurückgefallen.

„Wenn er diese Position hält, wird es nicht ganz so peinlich für Belinda", rief Holly.

Aber Tinseltown dachte gar nicht daran, seine Position zu halten. Er begann, die vor ihm liegenden Pferde zu überholen.

„Er wird wieder zurückfallen", sagte Holly.

Doch das tat er nicht.

„Noch dreihundert Meter, und Echolot vor Dream Maker, Last Chance und Tinseltown an vierter Stelle", verkündete der Sprecher.

„Schneller, Tinseltown!“, schrie Tracy.
Auf der Zielgeraden lag der Fuchs auf dem zweiten Platz, aber immer noch gut drei Längen hinter Echolot.
„Echolot und Tinseltown machen das Finish unter sich aus“, gab der Ansager bekannt. „Echolot führt, doch Tinseltown kommt auf der Innenbahn!“
„Los, Tinseltown, lauf!“ Jetzt waren Holly und Tracy nicht mehr die Einzigen, die sich die Kehle aus dem Hals schrien. Als die beiden Pferde auf den Zielpfosten zurasten, erreichte das Geschrei seinen Höhepunkt. Es sah aus, als würde Tinseltown zur Sensation dieses Renntags werden. Der Jubel der Zuschauer schien ihn anzuspornen, denn plötzlich wurde er noch schneller. Auf den letzten zwanzig Metern lagen er und Echolot Kopf an Kopf – und als sie den Zielpfosten passierten, hatte Tinseltown eindeutig die Nase vorn. Der vermeintlich nutzlose Gaul hatte mit fünfundzwanzig zu eins gewonnen!

7

Höchster Einsatz

Unter den Zuschauern herrschte plötzlich verblüfftes Schweigen. Einige wenige, die ihr Geld auf den Außenseiter gesetzt hatten, jubelten, doch alle anderen studierten bereits ihr Rennprogramm auf der Suche nach dem Sieger des nächsten Rennens.
Holly und Tracy freuten sich vor allem für Belinda.
„Sie platzt bestimmt vor Stolz", sagte Tracy.
„Komm, schauen wir uns an, wie sie ihren Sieger in Empfang nimmt", schlug Holly vor.
Sie wollte gerade gehen, als Tracy ihren Arm packte und auf die Buchmacherstände zeigte. In der Schlange der Gewinner, die gekommen waren, um ihr Geld abzuholen, stand auch Hackett.
„Anscheinend hat er tatsächlich auf Tinseltown gesetzt", stellte Tracy fest.
„Wahrscheinlich hat ihn die hohe Quote gereizt." Holly zuckte mit den Schultern. „Aber jetzt komm, sonst verpassen wir Belindas großen Triumph."
Belindas Gesicht, als sie Tinseltown in den Absattelplatz des Siegers führte, war wirklich sehenswert – es spiegelte eine Mischung aus Freude und Erstaunen. Norman Patterson allerdings machte ein weniger freundliches Ge-

sicht. Holly fand, dass sich sein Ausdruck am besten als ein triumphierendes, aber dennoch hochnäsiges Grinsen beschreiben ließ.

„Selbst mit einem Sieger sieht er noch boshaft aus, findest du nicht?“ Jack war neben Holly aufgetaucht.

„Was machst du denn hier?“, fragte sie. „Ich dachte, du müsstest im Stall arbeiten.“

„Ich musste mitkommen, um Belinda alles zu zeigen“, erklärte Jack. „Schließlich begleitet sie heute zum ersten Mal ein Pferd zum Rennen.“

„Und gleich beim ersten Mal hat sie solches Glück!“, freute sich Tracy.

„Unglaubliches Glück!“, bestätigte Jack. „Ich kann es noch gar nicht glauben.“

„Vielleicht hatten die anderen alle einen schlechten Tag“, überlegte Holly.

„Alec Patterson hat heute auf jeden Fall einen schlechten Tag“, sagte Jack. „Sein Pferd Echolot galt als Favorit, aber auf den letzten Metern hat Tinseltown ihn fertig gemacht. Und das, nachdem Alec vor dem Rennen noch überall herumerzählt hat, dass sein Pferd sogar auf drei Beinen gewinnen könnte.“

„Kein Wunder, dass Norman Patterson so boshaft aussieht“, stellte Holly fest. „Es ist ihm mal wieder gelungen, seinen Bruder zu übertrumpfen.“

In diesem Moment geriet die Zuschauermenge auf einer Seite des Rings in Bewegung. Major Douglas war aufgetaucht und versuchte, sich zu Tinseltown durchzukämpfen. Doch für je zwei Schritte nach vorn machte er einen zurück.

„Patterson hat ihm seit ihrer Ankunft einen Schnaps

nach dem anderen eingeschenkt“, berichtete Jack. „Ich glaube, ich sollte mich lieber um ihn kümmern.“ Jack tauchte unter der Absperrung durch und rannte auf den Major zu. Er erwischte ihn gerade noch, bevor er umfiel, und führte ihn aus dem Ring.

Alec Patterson schaute belustigt zu. „Wer würde so einem Mann sein wertvolles Rennpferd anvertrauen?“, rief er, ohne jemanden direkt anzusprechen.

Holly sah Tracy an. „Das hat dem Ruf des Birkenhofs bestimmt nicht gut getan“, sagte sie leise.

Sie hatte Recht. Als sie wenige Tage später in Miss Jenkins' Küche saßen, berichtete Belinda, dass noch zwei weitere Besitzer ihre Pferde zu einem anderen Trainer gebracht hatten.

„Sieh es positiv“, riet Tracy. „Damit hast du zwei Pferde weniger zu versorgen.“

„Das stimmt nicht“, widersprach Belinda. „Weil wieder eines von den Mädchen gekündigt hat.“

„Warum?“

„Aus dem üblichen Grund – Patterson hat ihr Fehler vorgeworfen, die sie gar nicht gemacht hat. Und als wäre das nicht schlimm genug“, fuhr Belinda fort, „hat er jetzt auch noch eine Baufirma bestellt. Auf dem ganzen Hof herrscht Chaos.“

„Eine Baufirma?“, fragte Holly. „Was wird denn gebaut?“

„Gar nichts! Wenigstens nichts, was man sehen könnte.“ Belinda zog den Grillrost aus dem Ofen und wendete die gerösteten Brotscheiben. „Habt ihr Marmelade?“, fragte sie.

Holly durchstöberte den Karton mit den Lebensmitteln, die ihr Vater vorbeigebracht hatte, und entdeckte ein Glas Aprikosenmarmelade. „Wenn sie nichts bauen, was tun sie denn dann?“
„Sie graben überall Löcher!“ Belinda kämpfte mit dem Schraubverschluss des Marmeladenglases. „Angeblich stimmt etwas mit den Abflüssen nicht.“ Sie gab es auf und reichte das Glas an Tracy weiter.
Mit einer kurzen Drehung des Handgelenks schraubte Tracy den Deckel ab und gab Belinda die Marmelade zurück. „Welche Baufirma ist es?“, fragte sie.
„Warum interessiert dich das?“, wollte Belinda wissen.
„Reine Neugier.“
Belinda überlegte. „Etwas wie Dodgson und Horrell“, sagte sie schließlich.
„Meinst du Dawson und Hackett?“, fragte Tracy nach.
„Ja, genau.“
„Ich wusste, dass mit denen etwas faul ist!“, rief Tracy aus. „Mir erzählen sie, sie wären zu beschäftigt, um einen neuen Auftrag anzunehmen, und jetzt führen sie umfangreiche Arbeiten auf dem Birkenhof aus!“
Belinda verstand kein Wort. „Kann mir mal jemand erklären, wovon sie eigentlich redet?“, fragte sie Holly.
„Sobald du deinen Toast vor dem Feuertod gerettet hast“, sagte Holly und wedelte den schwarzen Qualm weg, der aus dem Herd strömte.
Während Belinda die schwarzen Stellen von ihrem Toast kratzte und ihn dann dick mit Butter und Marmelade bestrich, erzählte Tracy, was sie bei Dawson und Hackett erlebt hatte und dass die beiden sich geweigert hatten, Miss Jenkins’ Dach zu reparieren.

Als sie ausgeredet hatte, machte Belinda ein nachdenkliches Gesicht. „Ich finde das nicht so schlimm“, sagte sie schließlich. „Die beiden hatten einfach keine Lust, ein paar lausige Dachziegel zurechtzurücken, und haben dir deswegen etwas vorgelogen.“

„Der Meinung bin ich auch“, bestätigte Holly.

„Ich finde es aber trotzdem erstaunlich, dass Hackett beim Rennen auf Tinseltown gewettet hat“, bemerkte Tracy.

„Hackett hat auf Tinseltown gewettet?“, fragte Belinda überrascht.

„Vielleicht wusste er, dass das Pferd aus dem Stall kommt, von dem er gerade einen Auftrag bekommen hat“, überlegte Holly. „Vielleicht hat er aber auch nur Spaß an riskanten Wetten.“

Belinda griff nach ihrer Scheibe Toast und biss ein großes Stück ab. „Gut möglich“, sagte sie. „Die Leute wetten aus den unmöglichsten Gründen. Wahrscheinlich war es nur Zufall. Wobei mir einfällt“, sie schob noch eine Ladung Brotscheiben in den Herd, „ich habe in der Rennzeitung gelesen, dass After Dark morgen wieder läuft.“

„Hoffentlich schneidet er diesmal besser ab“, sagte Tracy.

„Das wird er. Er ist ein Klassepferd.“ Belinda seufzte zufrieden. „Warum kommt ihr nicht zum Birkenhof und seht euch das Rennen mit mir an? Jack hat einen Fernseher in seinem Zimmer.“

„Was?“, sagte Tracy entsetzt. „Und was ist, wenn Norman Patterson schon mit seiner Reitpeitsche auf uns wartet?“

„Das wird nicht passieren." Belinda grinste. „Eines seiner Pferde läuft auch morgen, und er wird den ganzen Tag unterwegs sein. Außerdem habt ihr dann die Gelegenheit, Dawson und Hackett zu sagen, was ihr von ihnen haltet."

Sie konnten Dawson und Hackett nicht sagen, was sie von ihnen hielten, weil am nächsten Nachmittag keiner von ihnen auf dem Birkenhof war.
„Sie waren den ganzen Tag noch nicht da", berichtete Belinda. „Aber ihr könnt ja sehen, was für ein Chaos die beiden hier angerichtet haben."
Das stimmte allerdings. Direkt vor einem der Ställe waren einige tiefe Löcher gegraben worden. Eines davon war schon wieder zugeschüttet, während um die anderen die ausgehobenen Sand- und Erdhaufen lagen.
„Das sieht ja ziemlich gefährlich aus. Was passiert, wenn eines der Pferde in einen solchen Krater tritt und sich verletzt?", fragte Holly.
„Vielleicht hofft Patterson, dass das passiert", sagte Tracy. „Damit der Stall noch mehr in Verruf gerät."
„Wenn wir nur endlich wüssten, warum Patterson es darauf anlegt, dass der Rennstall geschlossen wird", murmelte Holly und dachte dabei wieder an die letzte Frage, die sie in ihr Notizbuch geschrieben hatte.
„Vergesst das jetzt." Belinda führte sie ins Haus und die Treppe hinauf. „Im Moment ist es viel wichtiger, wie After Dark heute abschneidet." Am oberen Ende der Treppe bog sie nach links ab und steuerte eine zweite, schmalere Treppe an, die zu den beiden Dachkammern führte.

„Das ist mein Zimmer“, sagte Belinda und zeigte auf die rechte Tür. „Und das hier gehört Jack.“ Sie öffnete die Tür. „Er ist mit Patterson beim Rennen, aber er hat uns erlaubt, seinen Fernseher zu benutzen.“

Der Raum war so klein, dass nicht einmal ein Stuhl hineinpasste – nur ein schmales Bett, ein Schrank und eine Kommode, auf der ein alter Schwarzweißfernseher stand.

„Jetzt seht ihr mal, in welchem Luxus wir hier leben“, bemerkte Belinda grinsend. Sie schaltete den Fernseher ein. „Ihr habt die Wahl“, sagte sie. „Ihr könnt entweder auf dem Bett sitzen oder auf dem Boden.“

Langsam erschien ein Bild auf dem Fernsehschirm. Die Pferde waren noch im Führring.

„Da ist After Dark!“ Belinda zeigte auf den Bildschirm. „Sieht er nicht genauso aus wie Tinseltown?“

„Kann schon sein“, sagte Holly. „So gut kenne ich mich mit Pferden nicht aus.“

„Dann vertrau mir“, riet Belinda. „Dabei fällt mir übrigens ein, dass Tinseltown nächsten Donnerstag wieder an den Start geht. Ich kann es kaum erwarten, ihn siegen zu sehen.“

„Über ungelegte Eier spricht man nicht“, warnte Holly. „Denk daran, was sich After Dark beim letzten Mal geleistet hat.“

In diesem Moment war eine Großaufnahme von After Dark zu sehen. Seine breite Blesse war unverkennbar.

„Da!“, sagte Belinda. „Sie könnten beinahe Brüder sein, meinst du nicht auch, Tracy?“

„Auf jeden Fall“, bestätigte Tracy. „Brüder, Schwestern, Cousins oder auch nur beste Freunde – was immer du sagst.“

„Sehr komisch!", fauchte Belinda. Dann schüttelte sie mit gespieltem Bedauern den Kopf. „Es muss furchtbar sein, wenn man keine Ahnung von Pferden hat."
„Ich weiß einiges über Pferde", widersprach Tracy. „Ich weiß, dass sie verlieren, wenn du auf sie wettest, und dass sie gewinnen, wenn du nicht auf sie wettest!"
„Das reicht!", ermahnte Holly die Freundinnen. „Jetzt lasst uns das Rennen ansehen. Hoffentlich läuft After Dark diesmal besser." Sie warf einen Blick auf Jacks Rennzeitung, die aufgeschlagen auf dem Bett lag. „Diesmal ist es ein einfacheres Rennen. Nur Arctic Fox hat bisher schon gewonnen."
Die drei sahen zu, wie die Pferde in die Startboxen geführt wurden. Sekunden später war das Rennen gestartet. Als die Türen der Startboxen aufflogen und die Pferde auf die erste Kurve zusteuerten, hatte After Dark einen guten Platz im vorderen Drittel.
„Seht ihr?", triumphierte Belinda. „Ich habe euch ja gesagt, dass er heute wieder in Form sein würde."
„Warten wir es ab", dämpfte Tracy ihre Begeisterung. „Das Rennen hat ja gerade erst angefangen."
Auf den nächsten paar hundert Metern blieben die Positionen fast unverändert – After Dark lag immer noch im vorderen Drittel, gefolgt von Arctic Fox, einem kräftig gebauten Grauschimmel. Die Jockeis ließen ihre Pferde ein gleichmäßiges Tempo laufen. Es sah aus, als wollte keiner von ihnen seinen Endspurt zu früh beginnen. Zweihundert Meter weiter setzte sich After Dark an die Spitze des Feldes.
„Jetzt geht es los", behauptete Belinda. „Lasst ihn nicht aus den Augen."

Doch Holly beobachtete Arctic Fox, der sich auf den vierten oder fünften Platz vorgearbeitet hatte. Als die anderen Reiter das bemerkten, begannen auch sie, ihre Pferde anzuspornen.

Plötzlich beschleunigten alle Pferde. Arctic Fox schoss vom fünften auf den zweiten Platz vor. After Dark fiel zurück, und als das Feld die Ziellinie passierte, war er Letzter. Arctic Fox siegte mühelos mit fünf Längen Vorsprung. After Dark war so weit zurückgefallen, dass er kaum noch zu sehen war.

Holly, Tracy und Belinda saßen wie erstarrt, während der Sprecher die Quoten für die drei Erstplatzierten herunterratterte. Tracy war die Erste, die ihre Stimme wieder fand. „Woran lag es diesmal?“, fragte sie Belinda.

Belinda schüttelte den Kopf. „Das verstehe ich nicht. Solche drastischen Formveränderungen gibt es bei Rennpferden nicht.“

„Klar gibt es die“, widersprach Tracy. „Was ist mit Tinseltown?“

„Das war etwas anderes. Manche Pferde werden nur munter, wenn sie vor Publikum laufen. Sie sind eben echte Stars!“

„Vielleicht hat sich After Dark auch diesmal nicht wohl gefühlt“, überlegte Holly.

„Keine Ahnung“, murmelte Belinda. „Ich versteh das einfach nicht.“ Sie stand vom Bett auf und schaltete den Fernseher aus. Bevor ihre Freundinnen weitere Fragen stellen konnten, sagte sie: „Vergesst das jetzt. Ich muss euch etwas zeigen.“ Sie stürmte aus dem Zimmer.

Holly und Tracy folgten ihr die Bodentreppe hinunter ins Obergeschoss. Doch statt die zweite Treppe anzu-

steuern, öffnete Belinda eine Tür rechts der Treppe. „Seht euch das an!“, verlangte sie.
Holly und Tracy spähten in das Zimmer. Drinnen stapelten sich kistenweise Wein, Brandy und Gin.
„Puh!“, sagte Tracy. „Ist das eine Menge Schnaps!“
Belinda schloss die Tür und sah die Freundinnen an. „Patterson kauft das Zeug“, sagte sie. „Und dann sorgt er dafür, dass der Major stets ein volles Glas hat, vom frühen Morgen bis zum späten Abend. Das ist noch eine Frage für unser Notizbuch: Warum will Patterson, dass der Major ständig betrunken ist?“
„Und was wäre damit: Warum läuft Tinseltown auf einmal wie ein Champion, während sich After Dark in einen Versager verwandelt?“, stichelte Tracy.
„Und was noch wichtiger ist …“ Jetzt war Holly an der Reihe, eine Frage zu stellen. „Wann werden wir aufhören, Fragen zu stellen, und bekommen endlich ein paar Antworten?“

„Ich finde, ihr solltet ein paar Tage Urlaub nehmen.“ Mr Adams hatte Miss Jenkins’ Dach repariert und auch ein paar andere Dinge erledigt. „Ihr seht vollkommen erschöpft aus“, sagte er. „Wollt ihr nicht mit mir zurückfahren?“
„Aber hier ist noch so viel zu tun“, protestierte Holly.
„Das kann warten“, sagte Mr Adams. „Es wird noch Wochen, vielleicht sogar Monate dauern, bis Miss Jenkins nach Hause kommt. Und ihr werdet mit neuem Schwung an die Arbeit gehen, wenn ihr jetzt ein paar Tage ausspannt.“
Holly ließ ihren Blick durch das Zimmer schweifen, an

dem sie gerade arbeiteten. Die letzten Stunden hatten sie damit verbracht, es leer zu räumen, und sie hatten bisher kaum ein Viertel des Raums entrümpelt. „Was meinst du?“, fragte sie Tracy.
Tracy war einverstanden. „Ich bin total fertig“, gestand sie. „Ein paar gemütliche Tage zu Hause kann ich jetzt gut gebrauchen. Außerdem können wir die Gelegenheit nutzen, Miss Jenkins zu besuchen und ihr Bericht zu erstatten.“

Soweit es Holly und Tracy betraf, gab es den Donnerstagvormittag nicht. Beide schliefen bis zum Mittag. Dann aßen sie schnell etwas und trafen sich schließlich vor dem Krankenhaus.
„Denk daran, dass Tinseltown um halb vier läuft“, sagte Tracy.
„Gut, dass du mich daran erinnerst“, sagte Holly, „das hatte ich ganz vergessen. Aber das ist kein Problem. Wir können eine halbe Stunde bei Miss Jenkins bleiben und dann wieder zu Wetlands gehen und dort fernsehen.“
Aber es gab doch ein Problem. Als die beiden Miss Jenkins’ Zimmer erreichten, war das Bett der alten Dame leer.
„Keine Angst“, beruhigte die Schwester sie, als sie ihre entsetzten Gesichter sah. „Miss Jenkins ist bei der Computertomografie. Ihr könnt gern auf sie warten – allerdings weiß ich nicht, wie lange es dauern wird.“
Holly sah Tracy an und hob fragend die Brauen.
„Wollen wir morgen wiederkommen?“, schlug Tracy vor.
„Gute Idee“, sagte Holly. „Dann sind wir auch nicht so in Eile.“

Im Zentrum von Willow Dale angekommen, blieb ihnen noch eine halbe Stunde bis zum Rennen, und so gingen sie ins Bistro, um einen Kaffee zu trinken.
„Weißt du was?“, bemerkte Holly und schob sich geistesabwesend ein Stück Würfelzucker in den Mund.
„Was denn?“
Holly studierte die Speisekarte. „Ich frage mich gerade, ob wir noch Zeit für ein Stück Kuchen haben.“
Tracy verschluckte sich an ihrem Kaffee. „Dawson!“, würgte sie hervor und starrte aus dem Fenster.
„Dawson?“, wiederholte Holly verständnislos.
„Dawson, der Baumensch!“, rief Tracy. „Er ist gerade in das Wettbüro auf der anderen Straßenseite gegangen.“
Sofort stürzte Holly ihren Kaffee herunter und forderte Tracy auf, es ihr gleichzutun. „Schnell, trink aus!“
„Wieso?“
„Wir werden ihm folgen, wenn er wieder rauskommt“, sagte Holly.
Sie hatten gerade ihre Tassen hingestellt, als Dawson das Wettbüro verließ. Sie brauchten ihm nicht weit zu folgen. Drei Straßen weiter verschwand er im nächsten Wettbüro, und von dort aus steuerte er ein drittes an.
„Warum geht er in so viele?“, wunderte sich Tracy, während sie ihn vom Eingang einer kleinen Boutique aus beobachteten.
„Vielleicht nehmen sie Wetten nur bis zu einem bestimmten Höchstbetrag an“, vermutete Holly. „Und wenn er viel Geld auf ein Pferd setzen will, muss er seine Einsätze verteilen und zu mehreren Buchmachern gehen.“
„Wenn das stimmt, muss sein Einsatz wirklich hoch

sein“, sagte Tracy. „Was meinst du, ob er wieder auf Tinseltown wettet?“

„Tinseltown!“ Holly starrte auf ihre Uhr. „Es ist schon halb vier. Wir müssen uns beeilen, wenn wir das Rennen noch sehen wollen.“

Sie wollte losrennen, als Tracy ihren Arm packte. „Das hat keinen Sinn“, sagte sie. „Wir kommen nie rechtzeitig zu Wetlands.“

„Was sollen wir also tun?“, fragte Holly.

Tracy überlegte kurz. „Ich weiß! Lass es uns bei der Fernsehvermietung in der Bridge Street versuchen. Da stehen Fernseher im Schaufenster.“

Holly und Tracy rannten durch die überfüllten Straßen, was ihnen eine Menge erboster Blicke einbrachte. Der Weg zog sich bis zur Bridge Street, und zweimal wurden sie durch rote Fußgängerampeln aufgehalten. Als sie schließlich bei der Fernsehvermietung ankamen, war das Rennen vorbei. Hektisch ließen sie ihre Blicke über die ausgestellten Geräte schweifen, bis sie eines entdeckten, das auf das Rennprogramm eingestellt war.

„Da!“ Tracy zeigte auf einen Fernseher am Rand des Schaufensters.

Es gab keinen Zweifel, wer gewonnen hatte. Eine strahlende Belinda führte Tinseltown auf den Absattelplatz des Siegers!

8

Ein Rennstall vor der Pleite

„Wenn Dawson auf Tinseltown gewettet hat, wird er zurückkommen, um seinen Gewinn abzuholen“, sagte Holly zuversichtlich.

„Und wenn er ihn erst morgen abholt?“, fragte Tracy.

„Dann wird man uns vermutlich aus diesem Laden werfen“, erwiderte Holly.

Die beiden standen vor dem Ständer mit den Sonderangeboten in einem Damenbekleidungsgeschäft, dessen Zielgruppe ältere Damen waren. Das Geschäft hatte jedoch den Vorteil, dass es einen guten Blick auf eines der Wettlokale bot, die Dawson vor dem Rennen aufgesucht hatte.

„Kann ich helfen?“ Eine der Verkäuferinnen, die sie schon die ganze Zeit misstrauisch beobachtet hatte, kam näher.

„Wir möchten uns nur umsehen“, sagte Tracy über die Schulter.

„Wir suchen ein Geschenk“, fügte Holly hinzu.

„Für wen?“, fragte die Verkäuferin. „An was hattet ihr gedacht?“

„Oh, ich bin sicher, dass Sie es sowieso nicht haben“, sagte Tracy plötzlich. Sie zog Holly zur Tür. „Da ist

Dawson", zischte sie. „Er ist ins Wettbüro gegangen." Sie sah sich hektisch um. Da, wo sie jetzt standen, konnte Dawson sie sehen, wenn er wieder herauskam. Es war zwar möglich, dass er Tracy nicht wieder erkannte, aber sie wollte kein Risiko eingehen. „Komm mit!"
Sie rannten die Straße entlang und reihten sich in die Warteschlange an einer Bushaltestelle ein.
Fünf Minuten später kam Dawson aus dem Wettbüro und schob ein Bündel Banknoten in seine Innentasche.
„Siehst du?", fragte Holly grinsend. „Er hat also doch auf Tinseltown gesetzt."
Dawson schaute nicht einmal in ihre Richtung, sondern ging schnurstracks auf das Büro des nächsten Buchmachers zu.
„Sollen wir ihm folgen?", fragte Tracy.
„Nicht nötig", sagte Holly. „Wir wissen doch, wohin er geht. Außerdem muss ich nach Hause. Ich habe versprochen, heute Abend das Kochen zu übernehmen."
„Vielen Dank für die Warnung!", lachte Tracy. „Eigentlich wollte ich mich bei euch zum Abendessen einladen. Aber das lasse ich wohl lieber."

Der nächste Tag begann mit einer Überraschung. Beim Frühstück senkte Mrs Adams ihre Zeitung und sagte: „Belinda ist in der Zeitung."
„Belinda?" Holly konnte es nicht glauben.
„Nun ja, Belinda eigentlich nicht", musste Mrs Adams zugeben. „Aber der Stall, in dem sie arbeitet."
„Ach so." Holly nahm sich noch eine Scheibe Toast. „Geht es um Tinseltowns Sieg?"

„Er wird erwähnt“, bestätigte ihre Mutter. „Aber das hier ist die Klatschspalte im Rennsportteil.“
„Komm, erlöse uns von unserem Elend“, stichelte ihr Mann. „Lies vor. Das wirst du uns doch wohl nicht vorenthalten wollen!“
„Gut, wenn ihr darauf besteht.“ Mrs Adams begann zu lesen. „‚Trotz Tinseltowns großartiger Siege für den Birkenhof steht es in diesem Rennstall nicht zum Besten. In den letzten Wochen haben viele Besitzer ihre Pferde von dort entfernt. Gerüchten zufolge leidet Major Douglas an einem Alkoholproblem, und Norman Patterson verliert allmählich die Geduld mit ihm. Es steht zu befürchten, dass noch weitere Pferde abgeholt werden. Wie lange kann das noch gut gehen?‘“
„Das klingt gar nicht gut“, bemerkte Mr Adams.
„Ich frage mich, woher die Zeitung all diese Gerüchte hat“, sagte Mrs Adams.
„Das frage ich mich auch“, sagte Holly düster.

„Das muss Patterson gewesen sein!“, rief Tracy aus.
„Daran besteht nicht der geringste Zweifel“, bestätigte Holly. „Schließlich hat er überall herumerzählt, was auf dem Birkenhof schief gegangen ist – warum sollte er dann nicht auch der Zeitung einen Tipp geben?“
Tracy gab Holly die Zeitung zurück. Sie saßen auf einer Bank vor der Leihbücherei. „Wenn es Patterson war, hätte er genauso gut direkt sagen können: ‚Hallo, ihr restlichen Besitzer, holt eure Pferde ab, so schnell ihr könnt.‘“
Holly nickte. „Ich wette, bis zum Ende der Woche sind sie alle weg.“

„Alle außer Tinseltown“, sagte Tracy. „Seine Besitzer haben keinen Grund, sich zu beschweren.“
„Wer immer diese Besitzer sind“, murmelte Holly.
Tracy sprang auf. „Das ist eine gute Frage. Warum finden wir das nicht heraus?“

An warmen Sommertagen herrschte in der Bücherei viel weniger Betrieb als im Winter. Die alten Männer, die sonst in der Bücherei saßen, um Zeitung zu lesen und sich im Warmen die Zeit zu vertreiben, waren hinausgezogen in die Parks und Gärten, und so war das Gebäude fast leer. Als Tracy und Holly hineinstürmten, war außer der Bibliothekarin und einer weißhaarigen Dame, die an einem der Tische saß und las, niemand da.
„Kann ich euch helfen?“ Die Bibliothekarin sah sie über den Rand ihrer Brille hinweg an. Anscheinend missbilligte sie ihren sportlichen Auftritt.
„Wir möchten etwas über Pferde erfahren“, sagte Tracy.
Die Bibliothekarin ging auf die zoologische Abteilung zu.
„Rennpferde!“, sagte Holly.
Die Bibliothekarin drehte sich um. „Rennpferde?“
„Ja.“ Tracy setzte ihr strahlendstes Lächeln auf.
„Ihr könntet es mit den Nachschlagewerken versuchen.“ Die Bibliothekarin zeigte auf ein Regal, das sich unter der Last der dicken Bände bog. „Nach Pferderennen wird hier nur selten gefragt.“
„Wir brauchen keine Informationen über Pferderennen“, sagte Tracy. „Nur über ein Rennpferd.“
Die Bibliothekarin war verwirrt.
„Was wollt ihr denn wissen?“ Die Frau sah aus, als wäre

es ihr vollkommen unverständlich, dass sich jemand für ein Rennpferd interessierte.

„Erst einmal, wem es gehört“, sagte Tracy.

Die Bibliothekarin runzelte die Stirn und trommelte nervös auf ihrem Tisch herum. „Wem es gehört?“, wiederholte sie. „Tut mir Leid, aber ich wüsste nicht, wo ich eine solche Suche beginnen sollte.“ Sie griff nach dem Telefon. „Doch vielleicht weiß es einer meiner Kollegen.“

Bevor sie eine Nummer wählen konnte, rief eine Stimme aus dem Lesesaal: „Versucht es mit der Zeitung!“

Holly und Tracy drehten sich um. Die weißhaarige Dame lächelte sie an.

„Die Zeitung?“, fragte Holly.

„Klar, dort sind doch die Starterlisten für jeden Renntag abgedruckt. Und manchmal stehen die Namen der Besitzer neben dem Pferdenamen.“

„Sind Sie sicher, Mrs Phillips?“ Die Bibliothekarin schien genauso überrascht wie Holly und Tracy, dass die alte Dame so etwas wusste.

„Im letzten Jahr habe ich auf den Derbysieger gesetzt und auf den Zweit- und Drittplatzierten beim Grand National“, erwiderte Mrs Phillips gelassen. „Mein Mann hat den Rennsport geliebt, und ich interessiere mich noch heute dafür.“

„Vielen Dank für Ihre Hilfe“, sagte Tracy.

„Gern geschehen“, sagte Mrs Phillips. „Die Rennzeitung gibt es hier zwar nicht, aber die *Times* oder der *Telegraph* müssten es auch tun. Ihr braucht natürlich die Ausgabe vom Tag des Rennens“, sagte sie zur Bibliothekarin.

Minuten später wurde ihnen die *Times* von dem Tag, an dem Tinseltown das letzte Rennen gelaufen war, gereicht.

Tracy breitete die Zeitung auf dem Tisch aus und blätterte sie hastig durch. „Hier ist es!“ Sie zeigte auf die Liste der Teilnehmer des Rennens um 15.30 Uhr. „Siehst du? Tinseltown – Trainer: Major Douglas – Besitzer: Bellman Brothers Ltd.“

„Viele Rennpferde gehören heutzutage großen Firmen“, erklärte Mrs Phillips, die sich über Tracys Schulter gebeugt hatte. „Das gibt ihnen eine Ausrede, sich einen schönen Tag auf der Rennbahn zu machen und zusätzlich noch etwas Geld zu gewinnen.“ Sie lächelte, und ihre blauen Augen funkelten.

Holly nickte verstehend. „Bellman Brothers Ltd.“, wiederholte sie. Dann holte sie das rote Notizbuch aus der Tasche und notierte den Namen. „Da wir gerade hier sind, können wir auch gleich nachsehen, wem After Dark gehört.“

Tracy faltete die Zeitung zusammen und sah Holly verwundert an. „Wir wissen doch, wem After Dark gehört – Alec Patterson!“

„After Dark gehört ihm jetzt – aber wer war vorher der Besitzer?“, sagte Holly und hob die Brauen.

Tracy zuckte mit den Schultern. „Meinetwegen“, sagte sie. „Wenn es dich glücklich macht.“

Die Bibliothekarin brauchte etwas länger, um die Zeitung von After Darks erstem Rennen zu finden, aber schließlich kam sie mit der richtigen Ausgabe aus dem Archiv zurück.

Hastig blätterte Holly zu den Rennseiten und fuhr mit

dem Finger die Liste der Pferde entlang. Plötzlich schnappte sie überrascht nach Luft.
„Na?“, fragte Tracy. „Wer ist es?“
„Bellman Brothers Ltd!“

„Das könnte ein Zufall sein.“
Holly und Tracy hatten sich Hamburger zum Mittagessen geholt und waren jetzt auf dem Weg zu ihrem Besuch bei Miss Jenkins.
„Glaubst du wirklich?“ Tracy war nicht überzeugt.
„Solche Zufälle gibt es“, betonte Holly.
Tracy blieb stehen und packte Hollys Schulter. „Lass es mich dir in Ruhe erklären“, sagte sie. „Der Firma Bellman Brothers gehört ein schnelles Pferd namens After Dark. Sie verkauft After Dark und kauft Tinseltown, der zwar wie After Dark aussieht, aber eine lahme Ente ist. Kannst du mir bis hierher folgen?“
„Logisch“, sagte Holly und befreite sich aus Tracys Griff.
„Und auf einmal ist Tinseltown das schnelle Pferd und After Dark die lahme Ente. Weckt das in dir nicht den Verdacht, dass die beiden Pferde vertauscht wurden?“
„Den Verdacht schon“, bestätigte Holly. „Aber das ist auch alles.“
„Was willst du denn noch?“
„Beweise!“, sagte Holly bockig.
„Ich gebe es auf!“ Tracy schüttelte den Kopf und setzte sich wieder in Bewegung.
Sie diskutierten immer noch, als sie die Station erreichten, auf der Miss Jenkins lag.
„Dürfen wir schon zu ihr?“, fragte Tracy die Stations-

schwester, denn die Besuchszeit begann eigentlich erst in ein paar Minuten.
„Aber nur, wenn ihr versprecht, sie aufzumuntern", sagte die Schwester.
„Wieso, was ist denn mit ihr?", fragte Holly.
„Das wird sie euch erzählen, wenn sie dazu bereit ist", war die Antwort.
Anfangs schien Miss Jenkins nicht dazu bereit zu sein. Sie saß auf dem Stuhl neben dem Bett und sah aus, als hätte sie schlecht geschlafen.
„Stimmt etwas nicht?", fragte Holly, nachdem sie sich zu ihr gesetzt hatten.
„Alles in Ordnung", behauptete Miss Jenkins. „Wie kommt ihr mit meinem Häuschen voran?"
Holly und Tracy berichteten, was sie bisher geleistet hatten und konzentrierten sich dabei auf die lustigen Ereignisse. Von den Schwierigkeiten und der unglaublichen Arbeit, die noch vor ihnen lag, sagten sie nichts.
„Sie brauchen sich also keine Sorgen zu machen", sagte Holly. „Wenn Sie wieder nach Hause kommen, wird alles fertig sein."
Miss Jenkins war schlagartig ernst, als Holly ihre Rückkehr nach Hause erwähnte, und Tränen traten ihr in die Augen.
„Was ist denn?", fragte Tracy. „Fehlt Ihnen was?"
„Ach, eigentlich nichts." Miss Jenkins betupfte ihre Augen mit einem Taschentuch. „Heute Morgen war eine Sozialarbeiterin bei mir. Sie sagt, es wäre keine gute Idee, wenn ich wieder in mein Häuschen zurückkehrte."
Holly ergriff die Hand der alten Dame. Tracy reichte ihr

ein neues Taschentuch, damit sie sich die Nase putzen konnte.
„Das heißt noch lange nicht, dass Sie auf keinen Fall wieder nach Hause können“, sagte Holly. „Vor allem dann nicht, wenn wir alles für Sie vorbereitet haben und Sie sich bereit erklären, sich helfen zu lassen.“
„Sie sagt, es wäre zu gefährlich, wenn ich dort ganz allein lebe“, brach es aus Miss Jenkins heraus. „Ich habe ihr gesagt, dass es auf dem Land kein bisschen gefährlich ist. Die schlimmen Dinge passieren nur in der Stadt. Ich lebe nun schon so viele Jahre dort draußen, und das Einzige, was jemals passiert ist, war dieser Überfall auf den Geldtransport.“
Holly und Tracy horchten auf.
„Was für ein Überfall auf einen Geldtransport?“, fragte Tracy.
„Oh, daran müsst ihr euch doch erinnern. Es stand in der Zeitung.“
Holly durchforstete ihr Gedächtnis. Sie war sicher, dass kein Geldtransport überfallen worden war, seit sie in Willow Dale lebte. Sie warf Tracy einen kurzen Blick zu. Tracy zuckte mit den Schultern. „Wann war denn dieser Überfall?“, fragte sie.
Miss Jenkins runzelte die Stirn. „Ach, ich weiß nicht. Vor drei oder vier Jahren. Vielleicht mehr. Acht oder neun? Mein Gedächtnis ist nicht mehr das, was es einmal war. Ich bringe ständig alles durcheinander. Aber wenn ihr wieder ins Haus geht, könnt ihr ja nachsehen. Die Zeitungen sind alle noch da. Ich habe in den letzten zwanzig Jahren keine einzige weggeworfen.“
Das brauchte sie Holly nicht zu sagen. Die Zeitungen

stapelten sich in jedem Zimmer. Holly hatte Stunden gebraucht, sie von einer Ecke in die andere zu schleppen.

„Aber mich raubt bestimmt niemand aus“, fuhr Miss Jenkins fort. „Schließlich habe ich keine Tausend-Pfund-Scheine herumliegen.“

„Nein“, stimmte Tracy ihr zu. „Und selbst wenn Sie welche hätten, würde der Räuber sie niemals finden!“

Einen Moment lang befürchtete sie, etwas Falsches gesagt zu haben, doch dann lächelte Miss Jenkins, und schließlich lachte sie bereits so ausgelassen, dass sie sich die Tränen aus den Augen wischen musste.

„Wie geht es denn eurer Freundin auf dem Birkenhof?“, fragte Miss Jenkins, als sie sich wieder unter Kontrolle hatte.

Holly und Tracy erstatteten ihr einen stark geschönten Bericht von den Ereignissen auf dem Birkenhof und berichteten fast ausschließlich von Belindas Arbeit und den Erfolgen ihres Schützlings Tinseltown.

„Das freut mich“, sagte Miss Jenkins. „Ihr müsst wissen, dass der Hof jahrelang leer gestanden hat, bevor Major Douglas ihn übernommen und zum Rennstall umgebaut hat. Er ist ein wirklich netter Mensch, aber seit eines seiner Pferde verunglückt ist, ist er nicht mehr derselbe.“

Holly bemühte sich, überrascht auszusehen. „Tatsächlich?“, sagte sie und lenkte das Gespräch wieder auf die Renovierung von Miss Jenkins’ Haus.

„Ich bin euch beiden so dankbar“, sagte Miss Jenkins. „Ich wüsste nicht, was ich ohne eure Hilfe anfangen sollte.“

„Ihr könnt gern wieder kommen", sagte die Stationsschwester, als die Besuchszeit vorüber war. „Ihr habt es tatsächlich geschafft, sie aufzuheitern."
„Wir tun unser Bestes", sagte Tracy. „Gehört alles zum Service."

„Ich habe nachgedacht."
Es war halb zwölf, und Holly wollte gerade zu Bett gehen, als Tracy anrief.
„Wir müssen noch etwas herausfinden", sagte Tracy.
„Wir müssen etliches herausfinden!" Holly gähnte.
„Ich meine über Tinseltown und After Dark. Und über Bellman Brothers Ltd. Komm morgen Vormittag um zehn zur Leihbücherei."
„Aber wir wollten doch morgen früh wieder zum Haus fahren", protestierte Holly.
„Ein paar Stunden machen keinen Unterschied", sagte Tracy. „Außerdem hat meine Mutter versprochen, uns am Nachmittag hinzufahren."
Tracy legte auf, ohne sich auf weitere Diskussionen einzulassen.

Tracy wartete bereits, als Holly am nächsten Morgen ankam. Sie verschwendete keine Zeit und begann sofort, Holly ihre Theorie zu unterbreiten. „Nehmen wir mal an, dass Tinseltown und After Dark vertauscht wurden. Wer würde davon wissen?"
Holly überlegte. „Alec und Norman Patterson ganz sicher. Aber die beiden hassen sich wie die Pest, und …"
Tracy unterbrach sie. „Vergiss das für den Augenblick. Wer würde es sonst noch wissen?"

„Die Besitzer?“
„Bellman Brothers Ltd.“, bestätigte Tracy. „Wenn irgendein Betrug vor sich geht, müssen sie eingeweiht sein.“
„Wir müssen aber noch herausfinden, wer hinter diesem Firmennamen steckt“, gab Holly zu bedenken.
„Das stimmt. Aber wer könnte uns dabei helfen herauszufinden, ob die beiden Pferde wirklich vertauscht wurden?“
Holly dachte darüber nach. „Es muss doch Leute geben, die von dem Tausch nichts wissen, uns aber ein paar Hintergrundinformationen geben können. Vielleicht die Leute, die die Pferde gekannt haben, bevor sie aus Irland herübergekommen sind?“
„Du meinst die Trainer?“
„Nicht den von After Dark“, sagte Holly. „Das war der Typ auf der Auktion, erinnerst du dich? Jackson Waldgrave sagte, er hätte ‚einen gewissen Ruf‘. Außerdem könnte er mit Bellman Brothers unter einer Decke stecken, nicht wahr?“
Tracy nickte. „Wer dann?“
„Ich dachte an die Leute, die diese Pferde gezüchtet haben.“
„Gute Idee!“, lobte Tracy. „Dann lass uns jetzt ein paar Nachforschungen anstellen.“

Herauszufinden, wer sich hinter dem Firmennamen Bellman Brothers verbarg, erwies sich als relativ einfach. In solchen Dingen hatte die Bibliothekarin viel Erfahrung. Schon das zweite Register, das sie aus dem Regal holte, lüftete das Geheimnis.

Holly schrieb die Namen in ihr Notizbuch. „Thomas Brace und Jason Shepard“, las sie vor. „Sagt dir das irgendwas?“

„Bisher nicht“, gab Tracy zu. „Aber wir können Belinda bitten, im Stall herumzufragen. Vielleicht sind die beiden in Rennkreisen bekannt.“

„Gute Idee“, sagte Holly. „Und was ist mit den Züchtern? Wie finden wir deren Namen heraus?“

Tracy ließ ihren Blick zu dem Tisch in der hintersten Ecke schweifen. Mrs Phillips, das weißhaarige Rennsportlexikon, war wieder da und studierte die Rennseiten im *Telegraph*.

„Was meinst du?“, flüsterte Tracy.

„Einen Versuch ist es wert.“

Sie schlenderten auf die alte Dame zu und setzten sich ihr gegenüber an den Tisch.

„Entschuldigen Sie bitte“, sagte Holly leise.

Mrs Phillips schaute auf und lächelte. „Habt ihr einen guten Tipp für mich?“

„Leider nicht“, sagte Holly. „Wir hatten gehofft, dass Sie uns noch einmal helfen würden.“

Mrs Phillips schob die Zeitung zur Seite und setzte ihre Lesebrille ab. „Aber gern“, sagte sie. „Was wollt ihr wissen?“

„Die Namen der Züchter von zwei verschiedenen Pferden“, sagte Tracy. „Wir wollen uns mit ihnen in Verbindung setzen.“

Mrs Phillips überlegte kurz. „Das ist schwierig, aber auf manchen Bahnen steht der Züchtername im Rennprogramm.“

„Ehrlich?“ Holly war voller Hoffnung. „Ich glaube, ich

habe immer noch das Programm von dem Tag, an dem wir After Dark zum ersten Mal gesehen haben."

„Falls deine Mutter es nicht inzwischen weggeworfen hat", dämpfte Tracy ihre Begeisterung. „Und selbst wenn nicht – was ist mit Tinseltown? Wie sollen wir seinen Züchter aufspüren?"

„Versucht es doch im Internet", riet Mrs Phillips. „Unter dem Stichwort ‚Vollblutzucht' müsstet ihr eine Liste aller Züchter finden."

„Das ist ein toller Tipp", strahlte Tracy. „Komm, Holly. Gehen wir zu mir. Meine Mutter arbeitet heute im Kindergarten – das bedeutet, dass wir ungestört sind."

Hastig bedankten sich Holly und Tracy bei Mrs Phillips und rannten los. Nach nur einer halben Stunde des Suchens hatten sie Namen und Adressen der beiden irischen Züchter aufgestöbert, bei denen Tinseltown und After Dark das Licht der Welt erblickt hatten.

„Lass uns beiden eine E-Mail schicken", sagte Holly und hielt ihre Finger erwartungsvoll über die Tastatur. „Was soll ich schreiben?"

Tracy überlegte kurz. „Vielleicht solltest du sie fragen, für wie gut sie ihre Pferde gehalten haben. Besondere Merkmale. Was aus ihnen geworden ist. Wann sie sie zuletzt gesehen haben. Einfach alles, was von Interesse sein könnte."

„Alles klar", sagte Holly und begann, fieberhaft zu tippen. „Ich behaupte einfach, an einem Artikel für die Zeitung zu arbeiten. Mit etwas Glück haben wir die Antworten schon in ein paar Tagen."

Auf dem Birkenhof ging niemand ans Telefon. Vor ihrer Rückkehr in Miss Jenkins' Haus versuchten Holly und Tracy es mehrmals, gaben aber schließlich auf.
„Dann müssen wir eben hinfahren und Belinda suchen", entschied Holly.
„Und was ist mit Patterson?", fragte Tracy. „Er hat uns Hofverbot erteilt, schon vergessen?"
„Das Risiko müssen wir eingehen – schließlich müssen wir ihr von unserem Verdacht erzählen."
Pattersons Auto stand nicht auf dem Parkplatz, als Holly und Tracy auf dem Birkenhof ankamen.
„Scheint unser Glückstag zu sein", stellte Holly grinsend fest. „Versuchen wir es zuerst in Belindas Zimmer."
Doch Belindas Tür war verschlossen, und auch Tracys Klopfen brachte nichts.
„Vielleicht ist sie bei Milton im Stall", sagte Holly. „Lass uns nachsehen."
Als sie im Erdgeschoss ankamen, klingelte das Telefon. Blitzschnell versteckten sie sich. Nachdem das Telefon etwa ein Dutzend Mal geläutet hatte, gab der Anrufer es auf.
„Komm, weiter." Tracy schlich als Erste die Treppe hinunter. Sie hatten die Haustür fast erreicht, als sie plötzlich ein Geräusch hörten.
„Was war das?", zischte Holly.
„Es klingt, als ob jemand stöhnt." Tracy blieb stehen und horchte. Eine der Zimmertüren stand einen Spaltbreit offen. „Es kommt von da", flüsterte sie. „Sollen wir nachsehen?"
Holly nickte. Tracy versetzte der Tür einen leichten

Stoß. Als sie aufschwang, konnten sie erkennen, dass jemand auf der Couch lag. Vorsichtig schlichen die Mädchen ins Zimmer, bereit, sofort die Flucht zu ergreifen, falls es nötig werden sollte. Doch sie erkannten schnell, wie unnötig diese Vorsichtsmaßnahme war.
„Es ist Major Douglas", flüsterte Holly.
„Du brauchst nicht zu flüstern", sagte Tracy. „Er ist total hinüber."
Auf dem Boden lag eine Flasche Wodka, und auf dem Tisch stand ein halb volles Glas.
„Schläft er?", fragte Holly.
Der Major begann wieder zu stöhnen.
„Vielleicht ist er auch bewusstlos", sagte Tracy. „Ich weiß es nicht."
„Was sollen wir tun?"
Tracy ging in Gedanken alles durch, was sie beim Erste-Hilfe-Kurs gelernt hatte. „Wir sollten ihn in die stabile Seitenlage bringen."
„Gute Idee", sagte Holly. „Dreh ihn auf die Seite."
Sie hatten es gerade geschafft, den Major in eine bequemere Lage zu bringen, als das Telefon wieder klingelte.
„Lass uns verschwinden, bevor jemand kommt", flüsterte Holly und schob dem Major noch schnell ein Kissen unter den Kopf.
Tracy war schon fast an der Haustür, als sie von draußen Stimmen hörte. „Oh nein!", flüsterte sie. „Das ist Patterson!"

9

Pattersons Plan

Das Telefon klingelte immer noch.

„Nach oben!“, zischte Tracy.

„Zu spät!“, flüsterte Holly. „Hier rein!“ Sie drückte die Türklinke des Zimmers herunter, das dem Wohnzimmer, in dem der Major sich befand, gegenüberlag. Die Tür war abgeschlossen. Tracy packte Hollys Hand und zog sie zurück ins Wohnzimmer. Im nächsten Moment krabbelte Tracy auch schon über den bewusstlosen Major und ging hinter der Couch in Deckung. Holly machte es ihr nach – gerade noch rechtzeitig, bevor sie Schritte ins Zimmer kommen hörten.

„Komm rein, ich muss eben ans Telefon gehen“, befahl Patterson jemandem.

„Was ist denn mit dem los?“, fragte eine zweite Stimme.

„Er ist nur besoffen, sonst nichts“, antwortete Patterson grob.

„Bist du sicher? Er sieht halb tot aus.“

Hinter der Couch überlegte Tracy fieberhaft, woher sie die zweite Stimme kannte.

„Ihm fehlt nichts!“, versicherte Patterson dem anderen Mann. „Und jetzt halt den Mund, während ich telefoniere.“ Er nahm den Hörer ab. „Ach, du bist es, Daw-

son", sagte er nach einer kurzen Pause. „Was willst du?"
Die Erwähnung von Dawsons Namen half Tracys Erinnerung auf die Sprünge. Die andere Stimme gehörte Dawsons Partner Hackett.

„Ja, Hackett ist hier", sagte Patterson. „Er kommt in etwa einer halben Stunde – erst muss er mir helfen, den alten Trottel nach oben zu schaffen. Und jetzt stör mich nicht länger."

Der Hörer wurde wieder aufgelegt.

„Wir legen ihn einfach aufs Bett", sagte Patterson. „Der wacht frühestens morgen wieder auf. Und dann werde ich dafür sorgen, dass er zu seinen Tabletten einen ordentlichen Drink bekommt, damit er gleich wieder umkippt."

„Tabletten?", fragte Hackett. „Was für Tabletten?"

„Tabletten gegen Depressionen", sagte Patterson. „Ich habe ihn zu einem Arztkumpel von mir geschleppt, der die Dinger verteilt, als wären es Bonbons."

„Ich dachte, man darf keinen Alkohol trinken, wenn man solche Tabletten nimmt", bemerkte Hackett unsicher.

„Darf man auch nicht." Patterson lachte. „Dann wird man noch schneller blau. Aber das weiß er nicht."

„Das hört sich aber ziemlich gefährlich an", sagte Hackett.

„Stell dich nicht so an. Wenn ich nicht dafür sorge, dass er ständig voll ist, kriegt er womöglich raus, was wir vorhaben. Los, halt du ihn an seinen Schultern, ich nehme die Füße."

Holly und Tracy warteten, bis die schlurfenden Schritte auf der Treppe zu hören waren. Dann kletterten sie wie-

der über die Couch und rannten zur Tür. Kurze Zeit später standen sie draußen auf der Straße.
„Das war knapp", sagte Holly. „Ich will mir gar nicht vorstellen, was sie gemacht hätten, wenn sie uns entdeckt hätten und ihnen klar geworden wäre, dass wir alles mit angehört haben."
„Ja, das wäre unangenehm geworden", bestätigte Tracy. „Aber das war es wert, findest du nicht?"
„Und ob." Holly lächelte. „Jetzt wissen wir wenigstens mit Sicherheit, dass Patterson irgendetwas plant."
„Ich kann es kaum erwarten, Belinda alles zu erzählen", sagte Tracy. „Aber zuerst müssen wir sie finden."

Es war Belinda, die sie fand, denn sie kam mit Milton die Straße heruntergeritten.
„Komm zum Haus, sobald du Milton versorgt hast", befahl Holly. „Wir haben Neuigkeiten für dich."
Belinda trieb Milton an. „Hoffentlich sind sie den Aufwand wert!", rief sie zurück. „Ich bin todmüde!"

„Nun? Was sagst du dazu?"
„Mein Gehirn tut weh!", beschwerte sich Belinda.
Holly, Tracy und Belinda aßen Pfirsiche aus der Dose und beobachteten den Sonnenuntergang.
„Ehrlich – es tut weh!", beschwerte sich Belinda. Holly und Tracy hatten ihr gerade im Eiltempo von ihren Nachforschungen in der Bücherei und dem Gespräch zwischen Patterson und Hackett erzählt.
„Also hast du keine geniale Idee?", fragte Holly.
„Lies mir doch noch einmal die Fragen vor, auf die wir Antworten suchen", bat Belinda.

Holly holte das rote Mystery-Club-Notizbuch heraus. „Warum will Patterson, dass der Birkenhof geschlossen wird?", las sie. „Warum will Patterson, dass der Major ständig betrunken ist? Und warum läuft Tinseltown plötzlich so gut, während After Dark dauernd versagt?"

„Also, die letzte Frage ist wohl beantwortet", sagte Tracy. „Die beiden Pferde wurden vertauscht. After Dark ist in Wirklichkeit Tinseltown und Tinseltown ist in Wirklichkeit After Dark."

„Das wissen wir nicht mit Sicherheit", wandte Holly ein. „Nicht, solange wir keine Beweise haben. Wir können nur hoffen, dass sich die irischen Züchter bald bei uns melden."

„*Falls* sie sich melden", bemerkte Belinda düster.

„Das stimmt", bestätigte Holly. „Aber zumindest können wir schon einmal Vermutungen anstellen, warum Patterson den Major ständig betrunken macht."

„Weil auf dem Birkenhof etwas vorgeht, von dem der Major nichts wissen soll", sagte Tracy. „Etwas, in das auch Dawson und Hackett verwickelt sind."

„Ja, aber was?", fragte Belinda.

„Wetten!", sagte Tracy. „Wir wissen es – wir haben sie Wetten abschließen sehen. Sie haben die Pferde ausgetauscht, um die Buchmacher zu betrügen. Ich wette, damit haben sie schon ein Vermögen verdient."

„Selbst wenn das stimmt, wird es nicht mehr lange gut gehen. Jetzt, wo Tinseltown so gut läuft, bekommt er immer schlechtere Quoten", erklärte Holly. „Außerdem muss noch etwas anderes dahinter stecken – warum sollten sie sonst überall diese Löcher graben?"

„Vielleicht suchen sie nach einem verborgenen Schatz",

sagte Belinda. „Einen Schatz, den die Wikinger vor tausend Jahren vergraben haben."

Holly klappte das Notizbuch zu. Der Gedanke war so abwegig, dass es nicht einmal lohnte, ihn aufzuschreiben.

„Kein Wunder, dass dein Gehirn wehtut", erklärte Tracy Belinda. „Es ist kurz vor dem Siedepunkt. Du solltest eine Mütze voll Schlaf nehmen. Und von jetzt an behältst du diese beiden Bauarbeiter im Auge. Früher oder später werden sie einen Fehler machen und sich verraten."

In den nächsten Tagen machten Dawson und Hackett jedenfalls keinen Fehler. Die Grabungen schienen beendet, und Belinda hatte nichts Neues zu berichten. Dasselbe galt für Holly und Tracy. Tracy radelte jeden Morgen mit Höchstgeschwindigkeit nach Willow Dale, um nachzusehen, ob E-Mails aus Irland eingetroffen waren, doch sie wurde jedes Mal enttäuscht. Abends trafen sich Holly, Tracy und Belinda immer im Haus, um über den Mangel an neuen Erkenntnissen zu diskutieren.

„Heute wurden wieder zwei Pferde abgeholt." Belinda beobachtete die Eier, die auf dem Herd vor sich hin kochten. „Das macht fünf Pferde seit dem Erscheinen des Zeitungsartikels."

„Das ist alles Teil von Pattersons Plan, den Birkenhof zu ruinieren", sagte Tracy. „Das muss es einfach sein." Toby lag vor ihren Füßen und sie beugte sich vor, um ihn zu streicheln. „Was meinst du, Holly?"

Es kam keine Antwort. Holly durchstöberte einen unsortierten Haufen vergilbter Zeitungen.

„Wolltest du nicht Brote schmieren?", beschwerte sich Belinda.
„Tut mir Leid." Holly ließ die Zeitungen fallen und kam zum Tisch. „Ich suche immer noch nach dem Bericht über den Überfall, von dem Miss Jenkins uns erzählt hat."
„Hast du ihn etwa noch nicht gefunden? So schwierig kann das doch nicht sein."
„Belinda, hier im Haus befinden sich schätzungsweise eine Million Zeitungen!", stöhnte Holly. „Sie sind alle durcheinander, und Miss Jenkins weiß nicht mehr, wie lange der Raub zurückliegt. Wahrscheinlich muss ich jede einzelne Zeitung durchblättern, bevor ich etwas darüber finde." Sie ließ ihre Verärgerung an den unschuldigen Brotscheiben aus.
„He, du sollst die Brote nicht niedermetzeln – es reicht, wenn du sie mit Butter bestreichst!", schimpfte Tracy.
Einen Moment lang machte Holly ein Gesicht, als würde sie am liebsten Tracy niedermetzeln. Tracy merkte das sofort, doch Belinda ärgerte Holly weiter. „Was soll das überhaupt bringen?", fragte sie. „Was hat ein Raubüberfall, der in grauer Vorzeit stattgefunden hat, mit dem Birkenhof zu tun?"
Holly ließ das Messer fallen. „Woher soll ich das denn wissen?", fauchte sie. „Aber es ist immer noch besser, als nichts zu tun. Wie lange willst du diese Eier eigentlich noch kochen?"
„Du wolltest doch auf die Uhr sehen", sagte Belinda zu Tracy.
„Ich dachte, du siehst auf die Uhr", erwiderte Tracy.
„Na toll", knurrte Holly. „Steinharte Eier!"

Mittlerweile waren sie beide ziemlich gereizt. Nur Toby war die Ruhe selbst.

Am Mittwoch passierten gleich zwei Dinge. Norman Patterson informierte Belinda, dass Tinseltown für ein Rennen am kommenden Dienstag gemeldet wäre, und aus Irland kam endlich eine E-Mail.

Tracy druckte sie aus, raste zurück zum Haus und hielt sie Holly triumphierend entgegen.

„Was schreibt er?“, fragte Holly.

„Lies selbst!“, sagte Tracy. Ihr Grinsen reichte von einem Ohr zum anderen.

„Es ist von dem Typen, der Tinseltown gezüchtet hat“, erzählte Tracy Belinda am Abend.

„Und?“ Belinda war zu aufgeregt, um selbst zu lesen.

Holly erzählte ihr die Geschichte. „Im Grunde schreibt er, dass Tinseltown ein totaler Versager war. Er hat an einem Rennen teilgenommen und ist Letzter geworden. Sein Trainer hat ihm gesagt, dass er sein Geld verschwendet – Tinseltown würde nie ein Rennen gewinnen. Also hat er das Pferd aus dem Training genommen und als Reitpferd verwendet. Es war so unnütz, dass er nicht einmal versucht hat, es zu verkaufen. Aber eines Tages sind zwei Männer aufgetaucht, die Tinseltown unbedingt haben wollten. Das hat ihn so überrascht, dass er beinahe auf den Allerwertesten gefallen ist.“

„Ich wette, er war noch überraschter, als er in Hollys E-Mail gelesen hat, dass Tinseltown hier ein paar Rennen gewonnen hat“, sagte Tracy.

„Das stimmt“, bestätigte Holly. „Er schreibt noch, dass er das kaum glauben kann.“

„Interessant“, bemerkte Belinda strahlend. „Anscheinend sind wir auf der richtigen Spur.“
„Das sind wir!“, behauptete Tracy zuversichtlich. „Jetzt müssen wir nur noch auf die Antwort von After Darks Züchter warten.“
Doch es kam keine zweite E-Mail aus Irland. Am Freitagabend fragten sich Holly, Tracy und Belinda, ob der Züchter sich überhaupt die Mühe machen würde, ihnen zu schreiben. Belinda stand am Herd und rührte in einem Topf mit Bohnen, als sie versehentlich mit dem Ellbogen eine offene Dose Cola umstieß. Toby fing sofort an, die verschüttete Cola von dem verblichenen Linoleumboden aufzulecken, doch Belinda schob ihn weg. „Kann ich eine von diesen alten Zeitungen zum Aufwischen nehmen?“, fragte sie Holly.
Sie griff unter dem Küchentisch nach der ersten Zeitung, die ihr in die Hände kam.
„Nein!“, schrie Holly. „Das ist einen von denen, die Miss Jenkins behalten will!“
„Auf eine mehr oder weniger kommt es doch nun wirklich nicht an“, sagte Belinda verächtlich. „Sieh sie dir doch an – das ist doch nur …“ Sie verstummte und starrte auf die Titelseite.
„Nur was?“, fragte Holly und sah sich noch einmal zu Belinda um, bevor sie den Tellerstapel in den Garten trug, wo sie essen wollten.
„Nur ein Bericht über den Überfall auf den Geldtransport!“, sagte Belinda wie betäubt.
Holly stellte die Teller ab und schoss wie der Blitz durch die Küche. Die Zeitung war rund acht Jahre alt, und der Bericht nahm die ganze Titelseite ein.

GELDTRANSPORT ÜBERFALLEN
POLIZEI VERHAFTET DREI VERDÄCHTIGE

Gestern Morgen wurde ein Geldtransport für die Bank von Willow Dale überfallen. Der Überfall wurde direkt hinter der Upton-Brücke in der Nähe der Birkenhof-Farm verübt. Die beiden bewaffneten Männer blockierten die Straße mit einem Auto und zwangen die Wachmannschaft zur Herausgabe des Geldes. Dabei gelang es einem der Wächter, den Alarm auszulösen, und die Polizei verfolgte die flüchtenden Täter. Die Verfolgung musste jedoch abgebrochen werden, als der Polizeifahrer die Kontrolle über sein Fahrzeug verlor und das Einsatzfahrzeug sich überschlug.

Die Besatzung eines zweiten Streifenwagens, die später die Region absuchte, entdeckte den Fluchtwagen der Täter und konnte ihn von der Straße drängen. Der Fahrer des Fluchtwagens wurde verhaftet, doch der Beifahrer floh zu Fuß über die Felder.

Der zweite Tatverdächtige konnte jedoch später an einer Straßensperre festgenommen werden, als die Polizei das Auto einer Frau durchsuchte und ihn im Kofferraum dieses Wagens fand. Von dem geraubten Geld fehlt bisher jede Spur. Bei den Verdächtigen handelt es sich um zwei Männer und eine Frau.

„Kein Wunder, dass Miss Jenkins sich daran erinnert", sagte Holly. „Das muss das Aufregendste gewesen sein, was hier jemals passiert ist."

„Das glaube ich gern", stimmte Tracy ihr zu. „Aber warum interessierst du dich so dafür? Die Täter wurden doch mehr oder weniger auf frischer Tat erwischt."

„Und was ist mit dem verschwundenen Geld?", fragte Holly.

Tracy zuckte mit den Schultern. „Das ist bestimmt ein paar Tage später wieder aufgetaucht – versteckt unter eine Hecke oder so."
„Ja, wahrscheinlich", murmelte Holly.
Belinda hatte sich die Zeitung genommen und weitergelesen. „Und was hat das hier zu bedeuten?" Sie zeigte auf einen zweiten Artikel auf der unteren Hälfte der Titelseite. „Das ist interessant."

WO FEHLT EIN PFERD?
Auf einer Wiese in der Nähe der verlassenen Birkenhof-Farm wurde heute Nachmittag eine Fuchsstute eingefangen. Das Pferd trug Sattel und Zaumzeug, doch vom Reiter fehlt jede Spur. Die intensive Suche nach dem möglicherweise gestürzten Reiter blieb ohne Erfolg. Sachdienliche Hinweise zur Aufklärung dieses Falls nimmt die Polizeidienststelle in Willow Dale entgegen.

Belindas Augen leuchteten auf. „Was haltet ihr davon?"
Holly seufzte. „Ich glaube, wir haben wichtigere Probleme als ein vor acht Jahren vermisstes Pferd."
„Es war kein vermisstes Pferd", verbesserte Belinda sie.
„Es war ein vermisster Reiter!"
„Dann sei bloß vorsichtig, wenn du nachher zum Birkenhof zurückfährst", stichelte Tracy. „Vielleicht treibt er da draußen noch sein Unwesen!"

Am Sonntagabend war immer noch keine Antwort von After Darks Züchter gekommen und auch auf dem Birkenhof tat sich nichts. Die Stimmung des Mystery Clubs näherte sich dem Nullpunkt.

„Ich könnte mal wieder eine Pause vertragen", sagte Tracy. „Ich bin total erledigt."

„Wir machen am Dienstag Pause", erinnerte Holly sie. „Wir gönnen uns einen Tag auf der Rennbahn und sehen zu, wie Tinseltown läuft."

Mr Hayes hatte auf der Rennbahn einen Raum gemietet und einige seiner Geschäftsfreunde eingeladen. Er und seine Frau hatten sich bereit erklärt, auch Holly und Tracy mitzunehmen.

„Vorausgesetzt, dass ihr euch ordentlich anzieht und benehmt", hatte Mrs Hayes gesagt. „Diese Gäste sind sehr wichtig, und wir möchten auf gar keinen Fall, dass ihr uns mit irgendwelchen Mystery-Club-Geschichten blamiert!"

Holly und Tracy hatten versprochen, sich von ihrer besten Seite zu zeigen. Mr Adams würde sie am Dienstagvormittag abholen, damit sie genug Zeit hatten, sich umzuziehen.

„Ihr habt es gut", beschwerte sich Belinda gähnend. „Ich habe keinen freien Tag. Ich muss mich um Tinseltown kümmern."

„Reg dich nicht auf, Belinda", sagte Holly. „Dafür hast du immerhin die Ehre, Tinseltown nach seinem triumphalen Sieg zu übernehmen – das ist viel besser als ein freier Tag."

„Das stimmt." Plötzlich war Belinda wieder fröhlich. „Das hätte ich fast vergessen – After Dark läuft auch!"

„Im selben Rennen?", fragte Tracy.

„Wohl kaum", bemerkte Belinda. „Auf einem ganz anderen Rennplatz. Aber sein Rennen wird im Fernsehen übertragen."

„Oh, schade, dann können wir es nicht sehen", rief Holly.
„Doch, könnt ihr", widersprach Belinda. „In dem Raum, den mein Dad gemietet hat, gibt es einen Fernseher. Und ich erwarte einen ausführlichen Bericht von euch."

Am Montag wäre Tracy am liebsten gar nicht losgefahren, um nach ihren E-Mails zu sehen. Obwohl sie eine begeisterte Sportlerin war, kosteten sie die endlosen Radtouren nach Willow Dale doch viel Kraft. Andererseits war es ein perfekter Tag zum Radfahren – sonnig, aber nicht zu warm –, und nachdem sie Holly das Versprechen abgerungen hatte, mit dem Streichen des Badezimmers zu beginnen, radelte sie los.
Als sie zwei Stunden später wiederkam, sah sie viel fröhlicher aus. „Holly!", rief sie. „Sie ist da!" Verschwitzt nach der rasenden Rückfahrt, ging sie in die Küche, um etwas zu trinken.
Im Obergeschoss schepperte es, weil Holly in ihrer Eile fast den Farbeimer umgestoßen hätte. Sie stürmte die Treppe hinunter. „Was schreibt er?"
Tracy reichte ihr die E-Mail mit einem breiten Lächeln und trank einen Schluck Cola. „Er schreibt, dass After Dark das beste Pferd war, das er je hatte", berichtete sie zufrieden. Sie hatte nicht vergessen, dass sie es gewesen war, die zuerst auf den Gedanken gekommen war, dass die beiden Pferden vertauscht worden waren. „Gute Abstammung. Erstklassiges Stehvermögen. Ruhiges Temperament. Nur etwas ist ungewöhnlich an ihm."
Holly war gerade an dieser Stelle der E-Mail angekom-

men. „Er hatte die Angewohnheit, mich mit der Nase anzustupsen und dann meine Hand zu berühren, wenn er der Meinung war, dass er eine Belohnung verdient hatte“, las sie laut vor.
Im nächsten Augenblick tanzten die beiden Mädchen so ausgelassen in der Küche herum, als hätten sie gerade im Lotto gewonnen.
„Siehst du?“, triumphierte Tracy. „Ich wusste doch, dass die beiden Pferde vertauscht wurden!“
„Warte nur, bis wir das Belinda heute Abend erzählen“, jubelte Holly. „Sie wird ausflippen!“
Doch sie brauchten nicht bis zum Abend zu warten, um Belinda Bericht zu erstatten, denn die Freundin tauchte bereits am Nachmittag unerwartet bei ihnen auf.
„Du wirst nie glauben, was wir herausgefunden haben!“, rief Holly ihr entgegen, als sie auf ihrem Rad in den Garten kam.
„Und ihr werdet nie glauben, was mir passiert ist“, antwortete Belinda. Ihr Gesicht war leuchtend rot. „Patterson hat mich rausgeworfen. Ich bin gefeuert!“

10

Die Dopingprobe

„Es war genau wie bei den anderen“, wütete Belinda. „Patterson hat Streit angefangen und mich beschuldigt, ich hätte Tinseltown vor dem Rennen gefüttert. Und als ich sagte, dass das nicht stimmt, ist er wütend geworden und hat mich gefeuert!“

Holly und Tracy saßen mit Belinda am Küchentisch und versuchten sie zu beruhigen.

„Er wollte dich nur loswerden“, sagte Tracy.

„Das ist mir klar“, fauchte Belinda. „Aber wieso?“

„Vielleicht hat er befürchtet, dass du den Pferdetausch bemerken könntest“, sagte Holly.

Belinda sprang auf. „Soll das heißen, dass ihr Neuigkeiten über After Dark habt?“

„Allerdings!“, sagte Tracy stolz und hielt ihr die E-Mail hin.

„Damit ist es bewiesen!“, verkündete Belinda, nachdem sie die Nachricht gelesen hatte. „Wettbetrug. Sie betrügen die Buchmacher, indem sie die Pferde vertauschen. Die erwarten, dass After Dark gewinnt und Tinseltown verliert, aber es tritt genau das Gegenteil ein.“

„Ganz meine Rede“, strahlte Tracy. „Na, bin ich nun genial, oder nicht?“

Holly schlug das rote Notizbuch auf. „Ich verpasse eurer Freude nur ungern einen Dämpfer. Aber wenn es nur ein Wettbetrug wäre, ist er jetzt vorbei, weil jeder damit rechnet, dass Tinseltown gewinnt und After Dark verliert – damit lässt sich kein Geld mehr verdienen. Es muss also mehr dahinter stecken."

Darüber dachten sie immer noch nach, als Mr Adams am nächsten Morgen kam, um sie für ihren Ausflug zur Rennbahn abzuholen. „Tut mir Leid, dass ich so spät komme", sagte er beim Aussteigen. „Ich wurde unterwegs aufgehalten. Zwei Pferdetransporter haben eine von den kleinen Straßen hier in der Gegend blockiert. Ich musste warten, bis einer von ihnen rückwärts fuhr und mir Platz gemacht hat."

Das brachte Holly auf einen Gedanken. „Sag mal, Belinda", meinte sie, „was wird eigentlich aus Milton? Holt dein Dad ihn ab?"

„Das kann er nicht. Er hat den Transporter in die Werkstatt gebracht und wir kriegen ihn frühestens in einer Woche zurück. Aber Jack hat versprochen, sich um Milton zu kümmern, während ich weg bin."

Mr Adams sah Belinda fragend an. „Ich dachte, du wohnst auf dem Birkenhof?"

„Das ist vorbei", sagte Belinda.

„Wieso denn das?"

Hollys Vater zu erzählen, was auf dem Birkenhof vorgefallen war, dauerte fast die gesamte Fahrt nach Willow Dale.

„So, ihr drei, bitte versprecht mir, ausnahmsweise einmal nicht unangenehm aufzufallen! Es ist überaus wichtig, dass heute alles glatt läuft. Ich denke, ihr wisst, was ich meine." Mrs Hayes bedachte den Mystery Club mit einem ihrer bedeutungsvollsten Blicke und verschwand dann, um sich um die Gäste zu kümmern.
„Sie glaubt, dass es meine Schuld ist, dass Patterson mich gefeuert hat", knurrte Belinda ihren Freundinnen zu. „Sie hält den Kerl immer noch für einen Heiligen!"
Sie saßen in dem Raum, den Mr Hayes gemietet hatte. Er war mit bequemen Sesseln und einem Fernseher ausgestattet und bot einen erstklassigen Ausblick auf die Ziellinie. Nach allem, womit der Mystery Club in letzter Zeit hatte vorlieb nehmen müssen, war dieser Raum unglaublich luxuriös. Trotzdem sahen die drei ziemlich niedergeschlagen aus – und so fühlten sie sich auch. Nicht einmal das üppige Büfett konnte sie locken. Und auch die Rennen hatten viel von ihrer Faszination verloren.
„Ich werde das Gefühl nicht los, dass irgendetwas vor sich geht, von dem wir nichts wissen", sagte Belinda und blätterte lustlos im Rennprogramm herum.
„Dein Gefühl hat Recht", sagte Holly. „Gleich wird das Rennen von After Dark im Fernsehen übertragen."
„Gut, dass du daran gedacht hast!" Belinda schaltete den Fernseher ein.
After Dark lief um 14.30 Uhr, und Tinseltown musste um 14.45 Uhr an den Start gehen. Ein Rennen würde also gerade beendet sein, wenn das nächste begann.
Im Fernsehen stellte der Sprecher die teilnehmenden Pferde vor und versorgte die Zuschauer mit Hinter-

grundinformationen. Als er zu After Dark kam, schien er nicht recht zu wissen, was er sagen sollte. Er berichtete schließlich, dass After Dark nach einem viel versprechenden ersten Rennen seine Form verloren hatte und dass seine Wettquote aus diesem Grund sehr reizvoll war. Das schöne fuchsfarbene Vollblut zog derweil, hinter der Startmaschine allein gelassen, seine Kreise, unbeeindruckt von den allgemeinen Zweifeln an seiner Schnelligkeit.

„Wenn Ihnen also der Sinn nach einer Außenseiterwette steht, dann sollten Sie auf dieses Pferd setzen“, war die abschließende Empfehlung des Sprechers.

„Vor allem, wenn es Ihnen nichts ausmacht, Ihr Geld zum Fenster rauszuwerfen“, rief Belinda.

„Pssst!“, zischte Holly.

Mehrere Gäste hatten sich zu Belinda umgedreht, und Mrs Hayes bedachte ihre Tochter mit einem ihrer finstersten Blicke.

Vom Start an war After Dark unter den ersten drei, und seine weiße Blesse blitzte immer wieder zwischen den beiden anderen nickenden Köpfen auf.

„Keine Sorge, er wird bald zurückfallen“, äußerte Belinda verächtlich. „Ihr werdet schon sehen.“

Doch er fiel nicht zurück. Der Fuchs behauptete seinen Platz. Kurze Zeit später waren es nur noch zwei Pferde, die um den Sieg kämpften, After Dark und ein glänzender Brauner, dessen Jockei einen grell pinkfarbenen Renndress trug. Auf der Höhe des Zielpfostens hatte After Dark die Nase vorn und gewann mit einer Kopflänge.

Holly, Tracy und Belinda waren fassungslos. Als After

Dark dann durch eine ebenso fassungslose Zuschauermenge zum Absattelplatz geführt wurde, sahen die drei sich ungläubig an.
„Das glaube ich nicht!“, sagte Belinda. „Habt ihr gesehen, wie er gelaufen ist?“
„Unglaublich!“, stieß auch Holly hervor.
„Nicht zu fassen!“, kam von Tracy.
Die Mädchen starrten schweigend auf den Bildschirm. Alle drei suchten fieberhaft nach einer Erklärung für das, was sich gerade abgespielt hatte. Wenn After Dark wirklich seine ursprüngliche Form wieder gefunden hatte, war ihre Theorie vom Pferdetausch vielleicht doch falsch. Gab es vielleicht doch eine andere Erklärung dafür, warum After Dark in den letzten beiden Rennen so schlecht abgeschnitten hatte – und warum Tinseltown so viel besser gewesen war als sein Ruf?
Es war Tracy, die diese Zweifel als Erste in Worte fasste. „Vielleicht waren wir die ganze Zeit auf der falschen Fährte“, sagte sie langsam.
Holly und Belinda sagten nichts dazu.
Erst als das Ergebnis des Rennens auf dem Bildschirm erschien, durchschaute Holly, was geschehen war. After Dark hatte mit einer Quote von zwanzig zu eins gewonnen. Jeder, der auf ihn gesetzt hatte, bekam den zwanzigfachen Einsatz ausgezahlt. Das war der Hinweis, den sie brauchte.
„Oh nein!“, stieß sie hervor. „Jetzt weiß ich, was passiert ist!“
Ihr blieb jedoch keine Zeit mehr für eine Erklärung. Auf dem Bildschirm wurde After Dark von seinem Trainer, einem strahlenden Alec Patterson, in Empfang genom-

men. Sofort stupste ihn das Pferd an und berührte dann seine rechte Hand.
Belinda sprang auf, als hätte ihr Sessel plötzlich Feuer gefangen. „Habt ihr das gesehen?", schrie sie. „Das ist das Pferd, das ich versorgt habe. Und wenn das wirklich After Dark war, haben sie die Pferde noch einmal vertauscht!"
„Genau das wollte ich dir gerade sagen", fauchte Holly.
„Es besteht kein Zweifel", sagte Belinda und marschierte aufgeregt durch den Raum. „Kein Wunder, dass Patterson mich loswerden wollte."
„Aber wenn das der echte After Dark ist", Tracy zeigte auf den Fernsehschirm und dann durchs Fenster auf die vor ihnen liegende Rennbahn, wo Tinseltown gerade von Gina Brand auf die Bahn geritten wurde, „dann muss das der echte Tinseltown sein. Und das bedeutet …"
„… dass er frühestens morgen Mittag das Ziel erreicht", beendete Belinda den Satz für sie. „Wir müssen jemanden informieren. Wir müssen irgendetwas unternehmen. Stoppt das Rennen!", schrie sie vergeblich den Fernsehschirm an.
Wie der Blitz war Mrs Hayes bei ihnen. „Was ist denn los? Warum schreist du so?", zischte sie.
„Sie haben die Pferde vertauscht. Wir müssen das Rennen stoppen lassen!", schrie Belinda.
„Was?" Mrs Hayes verstand gar nichts mehr.
„Das Pferd da", versuchte Tracy zu erklären. „Es ist nicht der echte Tinseltown. Oder genauer gesagt, es ist der echte Tinseltown, aber er sollte eigentlich nicht der echte sein."

„Es ist nicht leicht zu erklären“, schaltete sich Holly ein. „Aber es stimmt, was sie sagt. Das Rennen muss gestoppt werden.“

Mrs Hayes sah die drei Mädchen an, als wären sie plötzlich verrückt geworden. „Ist das wieder einer von euren merkwürdigen Scherzen?“, fragte sie misstrauisch.

„Nein!“, rief Belinda. „Das ist kein Scherz.“

„Dann seid jetzt bitte still! Unsere Gäste starren euch schon an!“

„Aber es ist das falsche Pferd!“, protestierte Belinda. „Ich muss es doch wissen. Ich habe es gepflegt!“

„Und Mr Patterson sollte es erst recht wissen, denn er ist der Trainer“, fuhr Mrs Hayes sie an. „Und wenn ihr nicht sofort aufhört, solchen Unsinn zu reden, könnt ihr die Zeit bis zur Heimfahrt im Auto verbringen.“

Mittlerweile stand der Mystery Club im Mittelpunkt der allgemeinen Aufmerksamkeit.

„Ist es nicht unglaublich, was für eine Fantasie diese jungen Leute haben!“ Mr Hayes versuchte, die allgemeine Spannung mit einem Scherz zu lösen. „Sie müssen wissen, dass die drei begeisterte Krimileserinnen sind.“

„Das stimmt“, bestätigte Mrs Hayes. „Und sie wittern überall Kriminalfälle – auch wenn gar keine da sind!“, fügte sie boshaft hinzu, bevor sie sich wieder ihren Gästen widmete. „Aber nun lassen Sie uns das Rennen genießen. Wer von Ihnen hat auf Tinseltown gewettet?“

Fast alle Anwesenden hatten ihr Geld auf Tinseltown gesetzt. Das war kaum verwunderlich, wenn man seine bisherigen Erfolge betrachtete – dass in Wirklichkeit After Dark diese Erfolge errungen hatte, wusste ja keiner. Einige von Mr Hayes’ Geschäftspartnern hatten

große Summen gesetzt und warteten nun gespannt darauf, was ihr Favorit zeigen würde.
Holly, Tracy und Belinda wussten genau, was er zeigen würde. Sie sahen bedrückt zu, wie die Pferde in die Startboxen geführt wurden. Sie schwiegen, während die anderen nach dem Start anfingen zu jubeln. Das blieb übrigens der einzige Jubel während dieses Rennens. Tinseltown schaffte es nicht einmal, den Anschluss ans Feld zu halten und überquerte die Ziellinie mit fünf Längen Abstand als Letzter.
„Das ist eindeutig Tinseltown", seufzte Belinda. „Ein echter Versager!"

„Tinseltown ist nicht der einzige Versager", verkündete Belinda. „Wir sind genauso unfähig!"
Sie saß in Miss Jenkins' Haus am Küchentisch und las den Bericht über das gestrige Rennen in der Zeitung. Norman Patterson war wegen des schlechten Abschneidens seines Pferdes vor die Rennleitung zitiert worden. Seine Erklärung, dass Tinseltown schon vor dem Rennen nicht ganz fit gewirkt hatte, wurde zwar akzeptiert, aber trotzdem eine Dopingprobe angeordnet.
„Sie kommen damit durch", stöhnte Tracy. „Wir können niemals beweisen, dass sie die Pferde vertauscht haben, zumal jetzt wieder beide Trainer das richtige Pferd im Stall haben."
„Es muss eine Möglichkeit geben", sagte Holly. „Vor allem, da wir sogar wissen, wie sie es gemacht haben."
„Das wissen wir?", fragte Belinda verwundert.
„Klar", sagte Holly. „Die beiden Pferdetransporter, die mein Vater auf der Straße gesehen hat. Das muss die

Stelle gewesen sein, an der sie die Pferde ausgetauscht haben."

„Zwei Transporter, die zufällig irgendwo auf der Straße stehen, kann man wohl kaum als Beweis bezeichnen", behauptete Tracy.

„Das stimmt", sagte Belinda. „Uns wird bestimmt niemand glauben."

„Ich fürchte, ihr habt Recht", musste Holly zugeben. „Und das ist auch merkwürdig: Norman und Alec Patterson hassen sich. Aber diesen Schwindel können sie nur gemeinsam ausgeheckt haben."

„Vielleicht haben sie nur so getan, als könnten sie sich nicht ausstehen", vermutete Belinda. „Das war alles Tarnung – sie hatten diesen Betrug schon die ganze Zeit geplant." Sie seufzte, „wir sind darauf hereingefallen!"

„Jeder ist darauf hereingefallen!", sagte Tracy. „Und jetzt kommen sie auch noch ungestraft davon!"

„Das muss nicht unbedingt so sein", widersprach Holly. „Der Pferdetausch war noch nicht alles. Die Bande hat noch etwas anderes vor. Denkt mal an die Frage: Warum will Patterson, dass der Birkenhof geschlossen wird? Wenn wir die Antwort darauf finden, können wir sie immer noch überführen."

Belinda sah erst Tracy an und dann wieder Holly. „Weißt du, was dein Problem ist?", fragte sie. „Du weißt nie, wann du dich geschlagen geben musst."

„Das ist nicht *mein* Problem", widersprach Holly. „Es ist *unser* Problem. Bisher musste sich der Mystery Club noch nie geschlagen geben, und das wird er auch jetzt nicht tun."

Nicht aufzugeben war eine Sache – zu wissen, was sie als Nächstes tun sollten, eine andere.
Die nächsten Tage beobachteten sie abwechselnd den Birkenhof, doch dort schien kaum etwas zu passieren. Nach Tinseltowns Versagen wurden auch die letzten Pferde abgeholt. Major Douglas verließ das Haus fast gar nicht mehr. Auch Norman Patterson ließ sich nur selten blicken. Und obwohl die Ausrüstung von Dawson und Hackett noch herumlag, erschienen auch die Bauunternehmer nicht mehr auf der Bildfläche. Es war alles sehr verwirrend.
Im Haus waren Holly und Tracy fast fertig. Jetzt, wo Belinda ihnen half, kamen sie viel schneller voran. Sie mussten nur noch ein Zimmer ausräumen und neu streichen.
Beim Ausräumen eines alten Schranks stieß Holly auf eine Goldgrube. Ganz unten, unter einem Karton mit Geschirr, lag ein weiterer Stapel vergilbter Zeitungen. Als sie sie herausnahm, fiel ihr sofort eine Schlagzeile ins Auge:
GELDTRANSPORTRÄUBER ZU HAFTSTRAFEN VERURTEILT
VON DER BEUTE KEINE SPUR
Holly überflog den Artikel und entdeckte dann die Bilder auf der unteren Hälfte der Titelseite. Ihr Jubelschrei war so laut, dass Tracy angerannt kam.
„Was ist los?"
Holly schwenkte die Zeitung. „Ich hab sie gefunden!", schrie sie. „Die Antwort! Sieh dir diese Bilder an und sag mir, wer das ist."
Tracy schnappte sich die Zeitung und betrachtete die Fotos. „Das sind sie! Dawson und Hackett!"

„Und die Frau?“, fragte Holly. „Erkennst du auch die Frau?“
Tracy sah noch einmal genauer hin. Das Haar war anders, und die Jugendliche auf dem Foto war jetzt eine junge Frau, aber es gab keinen Zweifel. „Das ist Gina Brand!“
„Genau!“, rief Holly.
„Aber hier heißt sie Georgina Desmond“, sagte Tracy und zeigte auf die Bildunterschrift.
Holly nahm Tracy die Zeitung wieder ab und breitete sie auf dem Fußboden aus, damit sie die Einzelheiten lesen konnten. „Sie muss ihren Namen geändert haben“, sagte sie. „Hier, sieh mal – Dawson und Hackett sind auch nicht ihre richtigen Namen. Hier steht ‚Thomas Brace und Jason Shepard wurden zu je acht Jahren Gefängnis verurteilt.‘“
„Thomas Brace und Jason Shepard!“, wiederholte Tracy, und noch während sie die Namen aussprach, kam ihr ein Gedanke. Sie rannte aus dem Zimmer und stürmte in einem halsbrecherischen Tempo die Treppe hinunter. Eine Minute später war sie wieder da – mit dem roten Mystery-Club-Notizbuch in der Hand. „Ich wusste es!“, jubelte sie. „Sie sind es.“
„Wer?“
Tracy drückte Holly das Notizbuch in die Hand. „Thomas Brace und Jason Shepard – die beiden Geschäftsführer von Bellman Brothers Ltd. Die Firma, der Tinseltown gehört und der bis vor kurzem auch After Dark gehörte!“
Holly saß mit offenem Mund auf dem Fußboden. „Jetzt passt alles zusammen – wie die Teile von einem Puzzle.

Das Problem ist nur, dass wir immer noch nicht das Gesamtbild kennen."

Einen Moment später ertönte im Erdgeschoss ein ohrenbetäubender Schrei, und jemand donnerte die Treppe hinauf. Im nächsten Augenblick stürmte Belinda ins Zimmer. „Ihr werdet es nicht glauben", verkündete sie. „Tinseltowns Dopingprobe ist positiv, und Major Douglas ist verhaftet worden!"

11

Gefangen!

Einen Moment lang herrschte Schweigen, und dann sprudelte die Geschichte nur so aus Belinda heraus. „Pattersons Wagen war nicht da, und da dachte ich, ich nutze die Gelegenheit, um mit Jack zu sprechen. Er sagt, dass Patterson ihm erzählt hat, dass Tinseltown heute Nachmittag versteigert wird. Und auch After Dark. Das ist alles Teil des Plans. Immerhin denkt jeder, dass beide Pferde Rennen gewonnen haben, und so werden sie beide einen guten Preis erzielen."

„Irre!", hauchte Tracy. „Da schwirrt einem ja der Kopf!"

„Und du hast noch nicht einmal die Hälfte gehört!"

Belinda berichtete, dass während ihres Gesprächs mit Jack eine Journalistin von einer Rennzeitung aufgetaucht war, die angeblich einen Tipp bekommen hatte, dass Tinseltowns Dopingprobe positiv war, und die darüber mit Major Douglas sprechen wollte. Doch bevor es dazu kam, erschien die Polizei, um ihn zu befragen. Eine Stunde später wurde er für ein weiteres Verhör abgeführt.

„Wieso der Major?", fragte Holly. „Wieso nicht Patterson?"

„Weil bei der Hausdurchsuchung Spritzen und das Mittel, das Tinseltown verabreicht wurde, im Schlafzimmer des Majors gefunden wurden!“, verkündete Belinda dramatisch.

„Das glaube ich nicht“, schnaufte Holly.

„Und das ist noch nicht alles“, fuhr Belinda fort. „Norman Patterson und Gina Brand haben beide bei der Polizei ausgesagt, dass sie gesehen haben, wie der Major am Abend vor Tinseltowns Rennen von seiner Box weggeschlichen ist!“

Einen Moment lang waren Holly und Tracy zu schockiert, um etwas zu sagen. Dann platzte Tracy der Kragen. „Das ist doch die Höhe! Patterson hat Tinseltown gedopt und die Sachen dann im Schlafzimmer des Majors versteckt.“

„Das ist offensichtlich“, bestätigte Holly. „Aber warum sollte er sich die Mühe machen, Tinseltown zu dopen? Er hätte doch ohnehin verloren – auch ohne Drogen.“

Tracy überlegte einen Moment. „Um den Major in Schwierigkeiten zu bringen? Um dem Birkenhof den Todesstoß zu versetzen?“

„Ich weiß noch einen anderen Grund.“ Belinda hatte diesen Ausdruck auf dem Gesicht, den sie immer hatte, wenn sie wusste, dass ihr eine geniale Idee gekommen war.

„Dann raus damit“, forderte Holly.

„Also gut. Die Pferde sollen heute verkauft werden. Tinseltown müsste einen guten Preis erzielen, weil er angeblich ein paar Rennen gewonnen hat – dass es eigentlich After Dark war, der sie gewonnen hat, ahnt keiner. Aber dann tauschen sie die Pferde für einen letzten

Wettbetrug aus, und der echte Tinseltown versagt total, was seinen Wert natürlich drückt …“

„Ich hab's kapiert“, unterbrach Holly. „Sie dopen ihn und jeder glaubt, dass er deswegen so schlecht gelaufen ist!“

„Und deshalb erzielt er bei der Auktion trotzdem einen guten Preis“, fügte Tracy hinzu.

Schweigend bewunderten die drei den raffinierten Plan. Der erste Pferdetausch hatte es der Bande ermöglicht, durch Wettbetrug Unsummen zu verdienen. Und mit dem zweiten Tausch hatten sie die Buchmacher ein zweites Mal hinters Licht geführt und außerdem noch dafür gesorgt, dass sich beide Pferde für einen guten Preis verkaufen ließen.

„Genial!“, sagte Tracy.

„Und das ist noch nicht alles, was sie planen.“ Holly holte den Zeitungsbericht von der Gerichtsverhandlung hervor.

Jetzt war es Belinda, deren Unterkiefer herunterklappte.

„Also haben Dawson und Hackett den Geldtransport überfallen.“ Sie war schockiert.

„Mit Hilfe von Gina Brand“, sagte Tracy.

Belinda schüttelte den Kopf. „Das kapiere ich nicht. Sie rauben den Geldtransport aus. Sie werden gefasst und verurteilt. Aber warum sind sie jetzt wieder hier?“

„Der vergrabene Schatz! Du hattest Recht“, erklärte Holly Belinda. „Nur, dass du dich um tausend Jahre verschätzt hast.“

„Ein vergrabener Schatz?“ Belinda verstand gar nichts. „Wovon redest du?“

Holly rieb sich triumphierend die Hände. „Ich sehe es

so“, sagte sie. „Dawson und Hackett rauben den Geldtransport aus. Aber als sie von der Polizei gestellt werden, ist das Geld weg. Wo ist es geblieben?“
„Das sollst du mir sagen.“
„Erinnerst du dich noch an den Artikel über das herrenlose Pferd?“
Belinda nickte.
„Das ist der Schlüssel“, verkündete Holly. „Dawson und Hackett sind zwar mit dem Geld weggefahren, aber irgendwo auf der Strecke haben sie angehalten und es an Gina Brand weitergegeben.“
„Die auf einem Pferd unterwegs war!“, fügte Tracy hinzu.
„Genau“, bestätigte Holly. „Und mit dem Pferd konnte sie querfeldein verschwinden und das Geld irgendwo verstecken. Und sobald sich der Trubel ein wenig gelegt hatte, wollten die drei zurückkommen und ihre Beute holen. Doch etwas ging schief.“
„Die Polizei hat sie geschnappt, und das Geld blieb da, wo Gina es versteckt hat!“, rief Tracy.
„Und weißt du auch, wo das ist?“, fragte Holly.
„Auf dem Birkenhof!“, schrie Belinda.
„Genau deswegen sind sie zurückgekommen – sie suchen nach der Beute ihres Überfalls.“
„Moment mal!“ Belinda war eine Ungereimtheit aufgefallen. „Wenn das Geld wirklich da versteckt ist, warum haben sie es sich nicht längst geschnappt und sind damit verschwunden?“
Das war eine Frage, deren Antwort sie noch finden mussten. Holly begann, ihre Notizen zu überfliegen. Irgendwo steckte ein Hinweis, den sie bisher übersehen

hatten. Aber wo? Immer wieder fiel ihr Blick auf die Frage, die sie in Großbuchstaben notiert hatte:
WARUM WILL PATTERSON, DASS DER BIRKENHOF GESCHLOSSEN WIRD?
Sie las sie den beiden anderen vor. „Diese Antwort müssen wir noch finden“, erklärte sie ihnen.
„Warte mal!“, sagte Tracy. Sie schloss die Augen und überdachte die Idee, die ihr gekommen war. „Es ist nicht Patterson, der will, dass der Birkenhof geschlossen wird – es sind Dawson und Hackett und Gina Brand. Patterson ist nur der, der die Dreckarbeit für sie erledigt.“
„Sprich weiter“, sagte Holly. Sie hatte eine Ahnung, worauf Tracy hinauswollte.
„Also, zur Zeit des Überfalls war der Birkenhof noch kein Rennstall, sondern eine Farm. Und Miss Jenkins hat uns erzählt, dass sie jahrelang leer gestanden hat.“
„Das stand auch in dem Zeitungsbericht über das reiterlose Pferd. Es wurde ‚in der Nähe der verlassenen Birkenhof-Farm‘ eingefangen“, erinnerte Belinda sich.
„Und dorthin ist Gina mit dem Geld geritten“, verkündete Tracy. „Sie hat es dort vergraben, aber dann ist sie gefasst worden und musste ins Gefängnis. Einige Zeit später taucht Major Douglas auf und macht aus der ehemaligen Farm einen Rennstall. Und Jahre später, nachdem die Verbrecher ihre Strafe abgesessen haben, sieht auf einmal alles ganz anders aus und sie können ihr Geld nicht mehr finden.“
„Und um in Ruhe suchen zu können, wollen sie den Stall für sich haben“, sagte Belinda.
„Das ist der Moment, in dem die Patterson-Brüder ins

Spiel kommen. Sie erklären sich dazu bereit, beim Herunterwirtschaften des Stalls zu helfen. Und im Gegenzug helfen Dawson, Hackett und Gina Brand ihnen bei ihrem Wettschwindel", sagte Holly. „Ich glaube, jetzt ist unser Puzzle komplett."

Holly, Tracy und Belinda saßen am Küchentisch und strahlten sich an. Es hatte lange gedauert, aber jetzt endlich hatten sie den Fall gelöst.

Plötzlich verschwand das Strahlen aus Hollys Gesicht. „Was sitzen wir hier herum und grinsen uns an?", rief sie. „Ich wette, die Bande sucht gerade jetzt nach dem Geld!"

Belinda war entsetzt. „Natürlich! Außer Milton ist kein Pferd mehr im Stall. Es ist also niemand mehr da, der sehen könnte, was sie da treiben."

„Was ist mit Jack?", fragte Tracy.

„Er sagte, es hätte keinen Sinn, in einem leeren Stall zu bleiben. Und die letzte der Pflegerinnen ist gegangen, als die Polizei kam, um den Major zu verhaften."

Holly, Tracy und Belinda hechteten zur Tür. Dabei rannten sie beinahe Toby über den Haufen. Er fing aufgeregt an zu bellen und stürmte hinaus in den Garten.

Tracy packte sein Halsband und zerrte ihn zurück ins Haus. „Du bleibst hier", sagte sie, bevor sie die Tür zuschlug. „Das Letzte, was wir brauchen können, ist ein verrückter Hund, der uns verrät. Diese Aufgabe erfordert absolute Geheimhaltung."

Über dem Birkenhof lag eine unnatürliche Stille, als der Mystery Club durch die Hecke zum Hof schlüpfte. Es war, als wären alle Bewohner plötzlich vom Erdboden verschluckt worden. Nichts rührte sich, und es war auch kein Laut zu hören. Der Parkplatz war leer, und obwohl die Ausrüstung von Dawson und Hackett noch herumlag, war ihr Kleinbus nirgendwo zu sehen.

Das einzige Lebenszeichen war ein beleuchtetes Fenster im Erdgeschoss des Hauses.

„Vielleicht hat die Polizei Major Douglas zurückgebracht“, überlegte Tracy.

„Wenn das stimmt, sollten wir ihn warnen“, sagte Holly. „Es könnte unangenehm werden, wenn der Major plötzlich auftaucht, während sie nach dem Geld suchen.“

„Sehr unangenehm!“, bekräftigte Tracy.

„Aber seid vorsichtig“, mahnte Belinda. „Ihr seht im Haus nach, und ich schaue nach Milton.“

Holly und Tracy schlichen auf das Haus zu, und Belinda schlug den Weg zu Miltons Stall ein.

Die Haustür stand weit offen, und in dem Zimmer, in dem sie Major Douglas bewusstlos auf der Couch gefunden hatten, brannte Licht. Tracy warf einen Blick hinein und gab Holly dann ein Zeichen, ihr zu folgen.

Das Zimmer war leer und sah fast genauso aus wie bei ihrem letzten Besuch. Es standen immer noch leere Flaschen und schmutzige Gläser herum.

„Es sieht nicht so aus, als wäre jemand hier gewesen, seit der Major verhaftet wurde“, stellte Holly fest.

„Da wäre ich nicht so sicher!“ Tracy untersuchte das Telefon. „Sieh dir das an!“ Sie hielt das lose Ende der Telefonschnur hoch. „Jemand will kein Risiko eingehen – es ist durchgeschnitten.“

„Also war doch jemand hier“, sagte Holly. „Aber wo sind sie jetzt?“

In diesem Augenblick wurde die abendliche Stille vom Geräusch eines Bohrhammers zerrissen, der sich in Beton fraß. Holly und Tracy fielen fast hintenüber vor Schreck.
„Mir scheint, wir sind doch nicht zu spät gekommen", sagte Tracy. „Lass uns nachsehen, wo sie sind."
Das Bohrgeräusch kam aus dem Stall.
Holly hielt ihren Mund dicht an Tracys Ohr. „Kein Wunder, dass sie die Pferde aus dem Weg haben wollten", sagte sie.
Tracy nickte. „Wenn wir uns in der Box neben ihnen verstecken, können wir vielleicht etwas Nützliches hören", sagte sie. „Pass aber auf, wohin du trittst. Hier ist es ziemlich uneben, weil die Kerle ihre Löcher nicht anständig zugeschaufelt haben."
Vorsichtig bahnten sich die Mädchen ihren Weg über den Hof. Lautlos zogen sie den Riegel einer Boxentür auf, schlichen in die Box neben dem Bohrgeräusch und schoben die Tür leise wieder zu. Sie schafften es gerade noch rechtzeitig. Nur wenige Sekunden, nachdem sie ihr Versteck erreicht hatten, wurde der Bohrhammer abgeschaltet.
„Hier ist es nicht", sagte eine Stimme.
„Dann versuch es dichter an der Tür", befahl eine andere.
Das Stallgebäude war gemauert, doch die Trennwände zwischen den Boxen bestanden aus Holz. Die Stimmen klangen zwar gedämpft, Holly und Tracy konnten aber trotzdem erkennen, dass sie Dawson und Gina Brand gehörten.
„Los, beweg dich", fauchte Gina.

„Ich brauche eine Pause!“, maulte Dawson. „Dieser Bohrhammer ist verdammt schwer!“
„Du Schwächling!“, zeterte Gina. „Denk doch an das schöne Geld, das nur darauf wartet, dass wir es finden.“
„Wenn du es an einem vernünftigen Ort versteckt hättest, müssten wir jetzt nicht solchen Aufwand betreiben, um es zu finden!“
„Woher sollte ich wissen, dass so ein alter Idiot kommt und über dem alten Schweinestall ein neues Stallgebäude errichtet? Und jetzt such gefälligst weiter!“
Nach ein paar gemurmelten Worten setzte das Bohren wieder ein. Der Lärm war so ohrenbetäubend, dass es Holly und Tracy vorkam, als müssten sie ihn stundenlang ertragen, aber wahrscheinlich waren es in Wirklichkeit nur ein paar Minuten, bevor wieder Ruhe einkehrte. Holly und Tracy hatten kaum die Hände von den Ohren genommen, als sie Dawson auch schon sprechen hörten.
„Es hat keinen Sinn, hier ist es nicht. Wir müssen es in der nächsten Box versuchen.“
Die beiden Mädchen tauschten einen entsetzten Blick. Beide hatten denselben Gedanken – sie mussten fliehen, bevor man sie entdeckte. Mit etwas Glück konnten sie um den Stall herumrennen, bevor die Verbrecher sie sahen. Doch als sie zur Tür hinausstürmten, standen sie dem vollkommen verblüfften Hackett gegenüber.
„Was habt ihr hier zu suchen?“, brüllte er sie an.
Er wartete nicht auf die Antwort, sondern machte einen Hechtsprung nach vorn und packte beide Mädchen an den Beinen. Holly fiel hin, doch Tracy konnte sich befreien. Sie rannte quer über den Hof, trat aber nach ein

paar Metern so unglücklich in eines der Löcher, dass sie stürzte. Sie versuchte, wieder aufzuspringen, doch ein furchtbarer Schmerz durchzuckte ihren Knöchel. Im nächsten Augenblick wurden ihre Arme gepackt und Hackett zerrte sie zurück in den Stall und stieß sie neben Holly auf den Boden der Box.

„Wie schön, wie schön“, sagte Hackett und lächelte dabei bösartig auf sie herab. „Ein ganz unerwarteter Besuch. Zu schade, dass ihr euch nicht angemeldet habt, denn dann hätten wir euch zu Ehren eine kleine Party veranstaltet!“

12

Fluchtpläne

Belinda hatte sich gerade auf die Suche nach Holly und Tracy gemacht, als Dawson mit seinem Kleinbus auf den Hof fuhr. Blitzschnell ging sie in Deckung. Momente später hörte sie, wie ihre Freundinnen gefangen und in eine leere Box gestoßen wurden. Jetzt hing alles von ihr ab.

Ihr erster Gedanke war, die Polizei anzurufen. Sie vergewisserte sich, dass sie niemand beobachtete, und schlich dann zum Haus hinüber. Erst als sie den Hörer am Ohr hatte und kein Freizeichen bekam, fiel ihr auf, dass die Telefonschnur durchgeschnitten war. Sie probierte es mit dem Anschluss im ersten Stock, aber auch hier ohne Erfolg. In der Stadt stand an jeder zweiten Ecke eine Telefonzelle, aber hier auf dem Land war das anders. Der nächste Ort, in dem es sicher ein Telefon gab, war Heptonford. Auf der Straße waren es bis dorthin gut zehn Kilometer, aber querfeldein waren es höchstens fünf. Milton würde die Strecke in zwanzig Minuten schaffen. Sie schlich wieder in Richtung Stall, doch unterwegs blieb sie kurz stehen und betrachtete den Kleinbus – bevor sie Hilfe holte, musste sie noch etwas erledigen.

„Wir kamen zufällig vorbei und hörten den Bohrhammer." Holly versuchte, die Ahnungslose zu spielen. „Wir hatten ganz vergessen, dass Sie hier Reparaturen ausführen."

„Das stimmt", unterstützte Tracy sie. „Wir wollten Sie nicht bei der Arbeit stören."

„Nein", sagte Holly. „Sie haben offensichtlich viel zu tun, und davon wollen wir Sie nicht abhalten."

Holly stand auf, doch Hackett versperrte ihr den Weg. „Oh nein, wir können euch unmöglich einfach gehen lassen", protestierte er. „Zumal sich deine Freundin den Knöchel verletzt hat. Ich halte es für besser, wenn ihr hier bleibt, bis wir für heute fertig sind. Und dann werden wir uns in Ruhe um euch kümmern."

Tracy ergriff Hollys Arm und kämpfte sich auf die Beine. „Um mich brauchen Sie sich keine Sorgen zu machen", lachte sie. „Ich bin nur ein bisschen gestolpert. Das war kaum der Rede wert. Sehen Sie, ich kann schon wieder tadellos laufen." Sie machte ein paar Schritte vorwärts und versuchte, sich die höllischen Schmerzen, die ihr Bein jedes Mal durchzuckten, wenn sie es belastete, nicht anmerken zu lassen.

Hackett versperrte ihr den Weg. „Bist du sicher?", fragte er. „Ich finde, das sieht ziemlich schmerzhaft aus."

„Nein, gar nicht", log Tracy. „Es geht mir gut, ehrlich."

Dawson kam herbei und schubste Tracy zurück auf den Boden. „Was soll das Gequatsche?", fragte er grob. „Die beiden haben hier herumgeschnüffelt. Wer weiß, was sie gehört haben. Wir können kein Risiko eingehen." Er packte Holly und stieß sie neben Tracy auf den Boden. „Wir müssen sie uns vom Hals schaffen."

„Und was sollen wir deiner Meinung nach mit ihnen machen?“, fauchte Hackett ihn an.
„Das versteht sich wohl von selbst“, entgegnete Dawson.
„Wieso – was meinst du damit?“, widersprach Hackett.
„Soll ich dir eine Zeichnung machen, Dummkopf?“, spottete Dawson.
„Hört endlich auf damit!“ Gina Brand hatte den beiden zugehört und wurde immer gereizter. „Wie blöd seid ihr eigentlich? Die beiden sind die Freundinnen von dieser Belinda. Während ihr Schwachköpfe hier herumstreitet, ist sie wahrscheinlich irgendwo da draußen. Und wenn sie hier ist, müssen wir sie finden. Und zwar schnell!“
Hackett riss die Tür auf. „Du passt auf die beiden auf“, befahl er Dawson. „Und wir suchen nach der anderen.“
Gina und Hackett verließen den Stall. „Du durchsuchst das Haus“, befahl Gina. „Ich sehe nach, ob sie bei ihrem Pferd ist.“
Hackett verschwand im Haus, und Gina Brand rannte auf Miltons Stall zu. Belinda wartete, bis beide außer Sicht waren, und führte Milton dann außen um das Stallgebäude herum. Sie achtete darauf, dass er auf dem Grasstreifen neben der Einfahrt blieb, damit kein Hufschlag zu hören war. Belinda hatte ihm nur eine Trense aufgelegt, keinen Sattel, denn dafür war keine Zeit gewesen. Aber das machte nichts – Belinda konnte ohne Sattel reiten.
Sie hatte die Straße fast erreicht, als plötzlich ein Auto angerast kam und in die Einfahrt bog. Einen Moment waren Belinda und ihr Pferd im Lichtkegel der Scheinwerfer gefangen. Milton geriet in Panik und stieg. Be-

linda klammerte sich an die Zügel, doch dann rutschte sie auf dem taufeuchten Gras aus und musste loslassen. Belinda sprang wieder auf. Das Auto hatte angehalten, und der Fahrer stieg aus. Es war ein Auto, das sie nicht kannte – ein zweisitziger Sportwagen. Sie hatte aber nicht die Absicht, noch lange dazubleiben und herauszufinden, wer der Fahrer war.

„He, du!“, schrie jemand vom Hof. „Bleib stehen!“

Belinda hatte nicht vor stehen zu bleiben. Sie rannte zu Milton und versuchte, sich auf seinen Rücken zu schwingen, doch irgendjemand packte sie von hinten und riss sie wieder herunter.

„Ich denke nicht, dass du um diese Zeit noch ausreiten solltest“, sagte eine Stimme. „Das könnte ein böses Ende nehmen. Und das wollen wir doch nicht, oder?“

Belinda drehte sich um und starrte in Hacketts grinsendes Gesicht.

„Was geht hier vor?“ Der Fahrer des Sportwagens kam angerannt, und Belinda erkannte das Gesicht von Alec Patterson. Er war so aufgeregt, dass er schwitzte.

Hackett war anscheinend genauso überrascht wie Belinda. „Was machst du hier?“, fragte er. „Wo ist Norman?“

„Es ist eine Katastrophe!“ Der Trainer war in Panik. „Es ist alles schief gegangen. Wir müssen verschwinden, so schnell wir können.“

„Was ist los?“ Gina Brand kam angerannt und sah Alec Patterson wütend an. „Du solltest doch nicht herkommen“, fauchte sie.

„Er sagt, dass es ein Problem gibt“, fuhr Hackett sie an. Jetzt lächelte er nicht mehr. „Lass uns das Mädchen zu den anderen bringen, und dann kümmern wir uns darum."

Als Belinda zu ihnen in die Pferdebox geschubst wurde, waren Holly und Tracy enttäuscht, aber eigentlich nicht überrascht. Als Alec Patterson jedoch im Stall auftauchte, staunten sie nicht schlecht.

Dawson ging es genauso. „Was will der denn hier?", fragte er Hackett.

„Hör zu, dann wirst du es wissen", sagte Hackett. Er wandte sich Alec Patterson zu. „Also, was ist schief gegangen?"

Alec Patterson atmete schwer. „Es ist hoffnungslos", begann er. „Sie sind uns auf die Schliche gekommen."

„Wer?", fragte Gina gereizt.

„Die Rennsportbehörde, die Polizei – sie sind wahrscheinlich schon auf dem Weg hierher. Wir müssen weg. Ich werde sofort außer Landes fliehen. Und das solltet ihr auch tun, wenn ihr nur einen Funken Verstand habt."

Dawson packte ihn und schubste ihn grob gegen die Wand. „Hör auf herumzujammern und erzähl uns endlich, was passiert ist!", brüllte er dem verstörten Trainer direkt ins Gesicht.

„Ja, ja! Immer mit der Ruhe", sagte Patterson. „Wir müssen jetzt alle die Ruhe bewahren. Es war bei der Auktion – da ist alles aufgeflogen."

„Wie konnte das passieren?", zischte Dawson.

„Tinseltown war im Ring, und der Auktionator fing gerade an, seine Siege aufzuzählen, als plötzlich dieser kleine irische Kerl vortrat und sagte, er hätte Tinseltown gezüchtet und das Pferd hätte diese Rennen niemals im Leben gewinnen können."

Die drei Mädchen tauschten einen entzückten Blick.
„Wie kann er da so sicher sein?“, fragte Gina Brand abschätzig.
„Er hat Videos von den Rennen gesehen“, erklärte Patterson. „Er hat sie studiert und sofort gemerkt, dass wir die Pferde vertauscht hatten. Auf der Auktion brach das Chaos aus – totales Chaos. Ich konnte mich verdrücken, aber Norman haben sie geschnappt. Uns bleibt nicht mehr viel Zeit – ich weiß, dass er reden wird. Und dann werden sie hier auftauchen. Wenn wir dann noch hier sind, sind wir ebenfalls geliefert.“
Es herrschte Schweigen, während die anderen die Tragweite dessen begriffen, was der Trainer ihnen erzählt hatte. Hackett war der Erste, der sich damit abfand. „Alec hat Recht“, entschied er. „Wir müssen sofort verschwinden.“
„Aber wir können noch nicht weg!“, schrie Dawson. „Wir haben das Geld noch nicht gefunden.“
„Du kannst gern hier bleiben und weitersuchen“, bemerkte Gina kalt. „Aber wenn du erst wieder hinter Gittern sitzt, wirst du nicht viel Freude daran haben.“
„Hör zu“, sagte Hackett. „Wir haben mit unseren Pferdewetten gut verdient. Vergiss das andere Geld. Ich gehe jedenfalls nicht wieder in den Knast.“ Er sah Patterson an. „Wie kommen wir von hier weg?“
„Ich habe schon mit einem Kumpel telefoniert, der ein Flugzeug hat. Ich warte bei Sedgely Hollow auf euch, das ist ein kleiner Flugplatz, etwa fünfzig Kilometer von hier. Wir können in einer Stunde da sein. Und bevor es hell wird, sind wir schon in Spanien.“
„Klingt vernünftig“, sagte Gina Brand. „Gehen wir!“

„Gut!“, sagte Alec Patterson. „Ich nehme meinen Wagen und ihr drei fahrt mit dem Kleinbus.“
Er öffnete die Stalltür, aber Dawson hielt ihn fest. „Das kannst du vergessen“, knurrte er. „Du verduftest mit deinem Sportwagen, und wir sehen dich nie wieder.“
„Er hat Recht“, stimmte Hackett ihm zu. „Wir fahren alle mit dem Kleinbus.“
Alec Patterson zuckte mit den Schultern. „Von mir aus. Dann aber los.“
Gina Brand folgte ihm auf den Hof.
Dawson rührte sich nicht. „Was ist mit denen?“, fragte er und zeigte auf Holly, Tracy und Belinda.
Hackett packte seinen Ärmel. „Für einen Wettbetrug sucht dich die Polizei in ganz England. Für Mord jagen sie dich aber bis ans Ende der Welt! Vergiss sie einfach.“
Er schob Dawson zur Tür hinaus und drehte sich noch einmal zum Mystery Club um. „Das scheint heute euer Glückstag zu sein“, sagte er und schlug die Boxentür zu.
Die drei hörten, wie der Riegel vorgeschoben wurde. Auf einmal war es stockdunkel. Nur unter der Tür drang ein matter Lichtschein durch.
Belinda sprang auf. „Vielleicht ist heute wirklich unser Glückstag“, murmelte sie, als sie hörte, wie sich Hacketts Schritte auf dem Hof entfernten. „Aber euer Glückstag ist es ganz sicher nicht.“
In einer Boxenecke standen ein paar Mistforken. Belinda drückte Holly und Tracy jeweils eine in die Hand. Sie selbst nahm den Spaten, mit dem Gina Brand den vom Bohrhammer aufgeworfenen Schutt weggeschaufelt hatte. „Los, bewegt euch!“, rief Belinda. „Helft mir, die Tür einzuschlagen, bevor sie entkommen!“

Holly und Tracy sahen sie an, als wäre sie verrückt geworden.
„Spinnst du?“, fragte Tracy. „Die sind doch längst weg, bevor wir auch nur einen Kratzer in die Tür gemacht haben.“
„Nein, das sind sie nicht!“, widersprach Belinda und knallte den Spaten mit aller Kraft gegen die Tür.
„Wieso bist du so sicher?“, fragte Holly.
„Weil ich dafür gesorgt habe, dass ihr Kleinbus einen platten Reifen hat!“

Gina Brand saß auf dem Fahrersitz, und Hackett, Dawson und Alec Patterson hatten sich zu dritt neben ihr auf den Beifahrersitz gequetscht. Gina startete den Wagen und legte den Rückwärtsgang ein, um im Halbkreis zu wenden.
„Ist die Federung im Eimer?“, fragte Patterson.
„Natürlich nicht“, verteidigte sich Dawson. „Das liegt nur an dem unebenen Hof.“
Erst als Gina Brand den ersten Gang einlegte und in Richtung Straße fuhr, merkten sie, dass tatsächlich etwas nicht stimmte. Gina trat auf die Bremse und Hackett sprang aus dem Wagen.
„Wir haben einen platten Reifen!“, rief er den anderen zu.

Holly schlug mit dem Ende der Forke gegen die Tür. Sie hinterließ nicht einmal einen Kratzer.
„Es ist hoffnungslos“, sagte sie entmutigt. „Bis wir hier herauskommen, ist die Bande schon zu Fuß nach Spanien gelaufen!“

„Du hast Recht“, sagte Belinda. Sie drückte Holly den Spaten in die Hand und griff nach dem Bohrhammer. „Aber mit dem Ding müsste es gehen. Tretet zurück!“

„Wir müssen das Rad wechseln“, sagte Gina. „Wo ist das Ersatzrad?“
„Hinten“, sagte Hackett.
Er ging um den Kleinbus herum, doch plötzlich hörte er Dawson brüllen: „Wag es nicht, du miese Ratte!“
Alec Patterson war aus dem Kleinbus gesprungen und auf seinen Wagen zugerannt, aber Dawson hatte sich auf ihn gestürzt und ihn zu Boden gerungen.
Hackett versuchte sie voneinander zu lösen. „Was soll das, ihr Idioten?“, schrie er. Erst dann bemerkte er, wie Gina Brand in Pattersons Sportwagen einstieg. Er machte einen Satz nach vorn und zerrte sie wieder aus dem Auto.
Im nächsten Moment brüllte der Bohrhammer auf, und die Stalltür flog aus den Angeln. Mit wildem Geschrei stürzte sich der Mystery Club ins Getümmel.
Holly steuerte direkt auf Hackett zu. Er ließ Gina Brand los, um seine Angreiferin abzuwehren. Doch dazu kam er nicht, denn die flache Seite des Spatens knallte gegen seine Schienbeine. Vor Schmerz schreiend brach er zusammen. Holly ignorierte ihn und rannte los, um Belinda und Tracy zu helfen, doch die beiden hatten bereits alles unter Kontrolle.
Dawson und Alec Patterson lagen immer noch auf dem Boden. Sie starrten angstvoll nach oben und wagten kaum zu atmen, denn Tracy und Belinda hielten ihnen die Spitzen ihrer Mistforken direkt über die Kehle.

Zur großen Erleichterung der Mädchen dauerte es nicht mehr lange, bis die Scheinwerfer eines Wagens die Szene erhellten. Es war die Polizei, die Major Douglas zurückbrachte. Im Lichtkegel war ein Mann zu sehen, der sich wimmernd auf dem Boden wälzte und seine Schienbeine umklammerte, und zwei weitere, die verstört die Zinken von zwei Mistgabeln anstarrten.
Noch bevor der Streifenwagen zum Stehen gekommen war, sprang eine Beamtin heraus und blieb einen Moment lang fassungslos stehen. „Was ist denn hier los?", rief sie. Es war Polizeimeisterin Agnew, die die Mädchen schon kannten.
„Alles in Ordnung", rief Belinda. „Der Mystery Club hat alles unter Kontrolle."
Doch Belinda irrte sich. Der Mystery Club hatte keineswegs alles unter Kontrolle. Im Eifer des Gefechts hatten sie Gina Brand ganz vergessen. Plötzlich ertönte Hufgeklapper auf dem Hof. Alle schauten sich hektisch um und sahen dann, dass sich die Rennreiterin auf Milton geschwungen hatte und mit ihm auf den Zaun zugaloppierte, der den Hof an einer Seite begrenzte.
„Haltet sie! Sie entkommt!", schrie Holly.
Aber sie konnten nichts tun, außer zuzusehen, wie Gina Brand Milton immer mehr antrieb. Sobald sie mit ihm über den Koppelzaun gesprungen war, lag vor ihr nur noch offenes Land, auf dem sie kein Streifenwagen einholen würde.
„Milton! Was wird aus Milton?", schrie Belinda verzweifelt. „Jemand muss ihr folgen!"
Aber ohne ein zweites Pferd war das unmöglich.
Es hatte jedoch keiner mit Milton gerechnet. Er stürmte

auf den Zaun zu, als wollte er ihn in hohem Bogen überspringen, doch dann zog er im letzten Augenblick so ruckartig die Bremse, dass Gina Brand im hohen Bogen über seinen Hals flog und mit solcher Wucht auf der anderen Zaunseite aufschlug, dass alle unwillkürlich das Gesicht verzogen. Das hinderte den Mystery Club allerdings nicht daran, in Jubelschreie auszubrechen.
„Seht ihr? Er springt nur für mich“, behauptete Belinda stolz.
Holly drehte sich zu der Polizistin um. „Belinda wollte natürlich sagen, dass der Mystery Club *und Milton* alles unter Kontrolle haben!“

„Ich muss sagen, ihr Mädchen habt wirklich Unglaubliches geleistet!“
Es war ein paar Tage später, und Polizeimeisterin Agnew war zu Miss Jenkins' Haus gekommen, um dem Mystery Club zu berichten, was es Neues gab. „Ich hätte nicht gedacht, dass ihr das schafft.“
Holly sah sich in dem frisch gestrichenen Wohnzimmer um und nickte. „Es war nicht einfach“, sagte sie. „Aber eigentlich haben wir nur etwas Ausdauer und ein paar Eimer weiße Farbe gebraucht.“
Die Polizistin lächelte. „Ich meinte eigentlich die Vorgänge auf dem Birkenhof!“
„Ach, das war doch nichts“, wehrte Belinda ab. „So etwas machen wir doch mit links.“
„Ja, das ist unsere leichteste Übung“, bestätigte Tracy. „Aber nur, wenn wir nicht gerade Wände streichen, Küchen scheuern oder auf fremde Hunde aufpassen.“
Toby wälzte sich auf den Rücken und fiepte. Das war

seine Art, um ein paar Streicheleinheiten zu bitten. Tracy tat ihm gern den Gefallen.

„Nein, im Ernst“, sagte die Polizistin. „Dieser Fall muss für euch doch so ähnlich gewesen sein, als wollte man ein Puzzle zusammensetzen, dessen Gesamtbild man nicht kennt.“

„Das trifft es genau“, sagte Holly. „Außerdem hat es ewig gedauert, bis wir alle Teile gefunden hatten. Erst als wir den Bericht von der Verurteilung in einer alten Zeitung entdeckt hatten, wurde uns alles klar.“

„Vielleicht ist es doch ganz gut, dass Miss Jenkins niemals etwas wegwirft“, sagte die Polizistin. „Ihre Altpapiersammlung hat sich schließlich als überaus nützlich erwiesen.“

„Das stimmt“, bestätigte Belinda. „Allerdings haben wir bisher keine praktische Verwendung für das Glas voller Farthings gefunden.“

Da mussten alle lachen.

„Möchte jemand Tee und Toast?“, fragte Holly.

Alle wollten – sogar die Polizistin. Und Toby war ohnehin immer für eine Zwischenmahlzeit zu haben.

Holly führte alle in die Küche und setzte den Wasserkessel auf. Belinda schaltete den Ofen ein und griff nach dem Toastbrot.

Tracys verstauchter Knöchel tat immer noch weh, und deshalb brauchte sie nicht zu helfen. Sie setzte sich an den Küchentisch, legte ihren Fuß hoch und streichelte Toby. „Wer von der Bande hat zuerst ausgepackt?“, fragte sie die Polizistin.

„Oh, Patterson hat schon auf der Fahrt ins Revier ein Geständnis abgelegt“, berichtete Agnew. „Die anderen

drei waren etwas zurückhaltender. Aber am Ende ist ihnen doch klar geworden, dass es vor Gericht besser aussieht, wenn sie alles gestehen."
„Etwas verstehe ich nicht", sagte Holly, die darauf wartete, dass das Teewasser kochte. „Wie sind die Pattersons an Dawson und Hackett geraten?"
„Durch Gina Brand", sagte die Polizistin. „Als junges Mädchen hat sie im Stall der Pattersons gearbeitet – bevor sie Dawson und Hackett kennen gelernt und mit ihnen den Überfall verübt hat."
Holly schüttelte den Kopf. „Das versteh ich trotzdem nicht."
„Ich auch nicht", gab Tracy zu.
Belinda wendete die Brotscheiben und schob sie wieder unter den Grill. „Ich schon!", behauptete sie. „Aber ich kann es euch nicht erklären, weil ich auf den Toast aufpassen muss."
„Dann müssen wir wohl Sie bitten", sagte Tracy zu der Polizistin.
„Also gut. Es hat sich folgendermaßen abgespielt: Nach ihrer Entlassung aus dem Gefängnis sind Dawson, Hackett und Gina zum Birkenhof zurückgekehrt, um ihr Geld zu holen."
„Es war bestimmt ein Schock für sie, dort plötzlich einen Rennstall vorzufinden!", stellte Holly grinsend fest.
„Mehr als nur ein Schock", bestätigte die Polizistin. „Es war eine mittlere Katastrophe für sie! Ihnen war sofort klar, dass sie nur an ihr Geld kommen würden, wenn der Stall geschlossen wurde."
„Und wie sind sie auf die Patterson-Brüder gekommen?", fragte Tracy.

„Nun, Gina hat gehört, dass der Major einen Mitarbeiter suchte. Und sie wusste auch, dass die Pattersons Geldprobleme hatten.“
„Also war es Ginas Idee, dass Norman Patterson sich um die Stelle beim Major bewerben sollte?“ Holly goss das kochende Wasser in die Teekanne.
„Genau“, bestätigte die Polizistin. „Aber als sie zu ihnen kam, musste sie feststellen, dass die Pattersons bereits den Plan mit dem Wettbetrug ausgeheckt hatten.“
„Also haben Dawson, Hackett und Gina den Pattersons bei ihrem Trick mit den vertauschten Pferden geholfen“, folgerte Holly.
„Und die Pattersons haben ihnen dabei geholfen, die Pferdebesitzer zu vergraulen, weil sie nur in einem leeren Stall nach dem Geld suchen konnten“, sagte Tracy.
„Das ist mehr oder weniger das, was ich vermutet habe“, sagte Belinda und bestrich den Toast mit Butter. „Wer möchte Marmelade?“
„Eines muss man den Pattersons lassen“, sagte Holly und biss in ihren Toast. „Sie sind gute Schauspieler. Sie haben allen vorgespielt, dass sie sich hassen, und dabei gehörte das in Wirklichkeit zu ihrem Plan.“
„Sie mögen gute Schauspieler sein“, bemerkte Tracy, „aber ich werde Norman Patterson nie verzeihen, was er dem Major angetan hat. Er hat nicht nur sein Geschäft ruiniert, sondern beinahe auch seine Gesundheit.“
„Oh, zu diesem Aspekt gibt es Gutes zu berichten“, sagte die Polizistin und hielt Holly ihre Tasse zum Nachschenken hin. „Major Douglas ist in der Abbey-Klinik – dort ist man darauf spezialisiert, solche Probleme zu lösen und die Leute wieder auf die Beine zu bringen.“

„Was? Die Abbey-Klinik?“, fragte Tracy. „Die ist doch unheimlich teuer!“
„Allerdings“, bestätigte die Polizistin.
„Wie kann er sich das leisten?“, fragte Belinda durch einen Mund voll Toast.
„Gar nicht. Ein Geschäftsmann aus Willow Dale bezahlt für ihn. Er heißt Jackson Waldgrave.“
„Jackson Waldgrave?“, wiederholte Holly ungläubig.
„Kennst du ihn?“, fragte Polizistin.
„Ich bin ihm mal begegnet“, sagte Holly. „Bei einer Rennpferdauktion.“
Die Polizistin nickte. „Das wundert mich nicht. Mr Waldgrave interessiert sich sehr für Rennen. Und wenn der Major sich wieder erholt hat, will er auf dem Birkenhof als Partner einsteigen.“
„Das ist ja toll!“, sagte Tracy und steckte Toby noch ein Stück Toast zu.
„Vielleicht kauft er dann auch After Dark und Tinseltown“, sagte Belinda hoffnungsvoll.
„Und woher soll er wissen, welcher welcher ist?“, fragte Holly.
„Das ist doch einfach!“, behauptete Belinda grinsend. „Man muss nur warten, bis einer von ihnen einen anstupst und nach einem Leckerbissen fragt!“ Sie seufzte bei dem Gedanken an das wunderschöne Vollblut. Doch jetzt, wo wieder jeder wusste, wer er war, würde sie After Dark wahrscheinlich noch öfter sehen – wenigstens im Fernsehen.
Die Polizistin trank ihren Tee aus und stellte die Tasse in den Ausguss. „Ich muss wieder los“, sagte sie.
Auf dem Weg zur Tür blieb sie noch einmal stehen.

„Übrigens“, sagte sie und ließ ihren Blick durch die frisch gestrichene Diele schweifen. „Ihr habt das Haus wirklich großartig hingekriegt. Ich hoffe nur, dass Miss Jenkins wieder herkommen kann, sobald es ihr besser geht.“

„Sie kommt nächste Woche“, berichtete Tracy. „Zunächst aber nur für einen kurzen Besuch.“

„Und sie kommt mit einer Sozialarbeiterin“, erklärte Holly. „Dann soll festgestellt werden, welche Art von Hilfe sie braucht, wenn sie auch weiterhin hier leben will.“

„Nun, ich hoffe, dass alles gut geht“, sagte die Polizistin. „Ihr drei habt jedenfalls alles Menschenmögliche getan.“

„Ach, das war doch nichts“, sagte Belinda und lächelte bescheiden. „Wir haben doch nur ein Haus geputzt und frisch gestrichen. Einen Wettbetrug aufgeklärt. Herausgefunden, wo das Geld von einem acht Jahre zurückliegenden Überfall steckt. Und, das hoffe ich zumindest, dem Major dabei geholfen, dass er sein Leben wieder in den Griff bekommt. Ich habe doch wohl nichts vergessen?“

„Wir haben auch Toby versorgt“, sagte Tracy.

„Ja, natürlich. Das auch“, bestätigte Belinda.

„Ein ganz ordentliches Programm für die Sommerferien“, bemerkte die Polizistin auf ihrem Weg zum Streifenwagen.

„Was soll denn das heißen?“, rief Holly ihr nach. „Die Ferien sind schließlich noch nicht vorbei!“

Leseprobe aus Mystery Club Band 22: *Spionage eiskalt*

1

Ein missglückter Ferienbeginn

Entführt! Von Einbrechern niedergeschlagen und bewusstlos auf dem Fußboden im Wohnzimmer liegen gelassen. Gefangen im oberen Stockwerk eines brennenden Hauses. Die Treppe heruntergefallen und ein Bein gebrochen. Hilflos daliegend und nicht fähig, das Telefon zu erreichen …

Holly Adams fielen immer mehr schreckliche Dinge ein, die ihrer Freundin Belinda zugestoßen sein konnten. Schließlich musste es einen Grund haben, dass sie nicht ans Telefon ging. Holly strich sich das lange braune Haar aus der Stirn und legte den Hörer ans andere Ohr.

Entführt. Ohne jeden Zweifel, entschied Holly, als auch weiterhin niemand abnahm. Belindas Eltern waren bekanntlich stinkreich. Mr Hayes hatte eine eigene Firma und sauste ständig durch die Weltgeschichte, um in allen möglichen fernen Ländern Geschäfte zu machen. Ein fünfstelliges Lösegeld würde er wahrscheinlich aus der Portokasse bezahlen. Das machte Belinda zur idealen Zielperson für jeden Entführer. Holly konnte nicht begreifen, warum sie nicht schon längst auf diese Idee gekommen war.

Ihre Nackenhaare sträubten sich. Es war eine Mischung aus Angst und Aufregung. Natürlich wäre es schrecklich, wenn Belinda *wirklich* entführt worden wäre. Andererseits wäre das endlich wieder ein richtig spannender Fall für sie. In den letzten paar Monaten hatten sie keinen vernünftigen Fall mehr gehabt.

„Halt durch, Belinda!", murmelte Holly. „Der Mystery Club ist im Anmarsch!"

Sie legte den Hörer auf und verließ die Telefonzelle.

„Und?", fragte Tracy sofort, als Holly wieder in den kalten Februarmorgen hinaustrat. „Was ist los mit ihr?"

Überreste eines amerikanischen Akzents waren noch immer aus Tracy Fosters Stimme herauszuhören. Sie hatte vor der Scheidung ihrer Eltern mehrere Jahre in Kalifornien gelebt, bis sie schließlich mit ihrer Mutter in die Kleinstadt Willow Dale ins englische Yorkshire gezogen war.

„Schlechte Nachrichten! Ich glaube, sie ist entführt worden!", stieß Holly hervor.

„Was?"

„Belinda ist entführt worden. Das habe ich mir gerade zusammengereimt."

„Spinnst du?" Tracy fuhr sich durch das kurze blonde Haar. „Wie kommst du denn darauf?"

„Es geht niemand ans Telefon", erklärte Holly.

„Und das ist alles?", fragte Tracy verächtlich. „Und nur deswegen kommt die große Detektivin zu dem Schluss, dass Belinda *entführt* wurde?"

Holly musste zugeben, dass ihr Beweismaterial tatsächlich etwas dürftig war.

„Was heißt hier ‚dürftig'? Du hast überhaupt kein Be-

weismaterial!", verkündete Tracy. „Hast du dein Gehirn getoastet? Zu viel Strahlung vom Bildschirm abbekommen?"
Wenn Holly ehrlich war, musste sie zugeben, dass sie tatsächlich das Gefühl hatte, ein wenig neben sich zu stehen. Ob das nun an der frühen Morgenstunde, dem Schlafmangel oder der aufregenden Reise lag, die sie unternehmen wollten, konnte sie nicht sagen. Ihr Kopf war wie leer gefegt, seit sie an diesem Morgen um fünf aus dem Bett gefallen war. In der Zeit zwischen dem Aufstehen und dem Verlassen des Hauses hatte sie Tee an Stelle von Milch auf ihre Cornflakes gekippt, ihre Zähne mit Shampoo geputzt und ihrem jüngeren Bruder Jamie einen Abschiedskuss gegeben. Und das bewies eindeutig, dass sie vollkommen durcheinander war. Unter normalen Umständen hätte sie Jamie niemals geküsst, sondern ihm eher in die Seite geknufft, und das, obwohl sie jetzt eine Woche lang von ihm getrennt sein würde.
„Du weißt, dass das ungesund ist", fuhr Tracy ernst fort. „Zu langes Arbeiten am Computer überhitzt die Gehirnzellen. Und das führt zu allen möglichen Wahnvorstellungen."
Holly grinste. Sie hatte in den letzten Tagen wirklich viel vor dem Computer gesessen und eine Kurzgeschichte für *Winformation*, die Schülerzeitung der Winifred-Bowen-Davies-Schule geschrieben. Eine Kriminalgeschichte – Holly liebte Krimis. Normalerweise hätte Steffie Smith, die Herausgeberin der Zeitung, einer solchen Geschichte niemals Platz in ihrer Zeitung eingeräumt. Aber der fest eingeplante Artikel über eine Klassenreise in den Lake District war in letzter Minute

ausgefallen, weil die Autorin sich auf eben dieser Klassenreise ein Bein gebrochen hatte und nun in Lancaster im Krankenhaus lag. Da hatte Steffie nachgegeben. Sie hatte wählen müssen – entweder Hollys Geschichte oder eine leere Seite!

„Aber keine ekligen Morde", hatte sie Holly eingeschärft. „Und nicht mehr als zweitausend Wörter."

Die zweitausend Wörter hatten sich als Problem erwiesen. Sie waren der Grund, warum Holly so lange vor dem Computer gesessen hatte. Es hatte eine Ewigkeit gedauert, den Text so zu kürzen, dass er Steffies Vorgaben erfüllte. Natürlich war das für Holly, die Journalistin werden wollte, eine gute Übung gewesen, aber bei einer komplizierten Handlung ist es immer schwierig, etwas Überflüssiges zu finden, das gestrichen werden kann. Und die Handlung war kompliziert. Die Geschichte handelte unter anderem von einer Entführung und einer dramatischen Verwechslung.

Eine Entführung! Plötzlich war Holly klar, wie sie auf die Idee gekommen war, dass Belinda entführt worden war. Ihre eigene Geschichte ging ihr immer noch im Kopf herum.

Die Hupe des Busses brachte Holly wieder in die Realität zurück. Der Fahrer wurde allmählich unruhig. Sie hätten schon vor zehn Minuten losfahren sollen. Wenn sie noch länger warteten, würden sie in den morgendlichen Berufsverkehr geraten und niemals rechtzeitig am Flughafen sein.

„Vergiss die Entführung", sagte Tracy. „Lass uns zurückgehen, bevor Mr Fry einen Herzanfall kriegt!"

Sie sprintete zurück zum Bus. Holly folgte ihr. Obwohl

Holly ziemlich sportlich war, hatte sie gegen Tracy keine Chance. Als sie den Bus erreichte, saß Tracy bereits auf ihrem Platz.
„Und? Wo steckt sie?", fauchte Mr Fry.
Gemessen an Alter und Fitness war Mr Fry eigentlich kein Kandidat für einen Herzanfall. Er war noch nicht einmal dreißig und ein begeisterter Tennisspieler. Aber er neigte dazu, sich über die lächerlichsten Dinge furchtbar aufzuregen, zum Beispiel über Schiedsrichter, die gegen ihn entschieden, oder über Schüler, die ihre Hausaufgaben nicht rechtzeitig abgaben. Und die Tatsache, dass eine Schülerin zu Beginn einer Klassenreise bereits eine halbe Stunde Verspätung hatte, ließ ihn fast ausflippen.
„Holly, was ist los?", fragte er gereizt. „Wo steckt Belinda?"
„Es ist niemand ans Telefon gegangen", berichtete Holly. „Sie muss auf dem Weg hierher sein."
„Oder sie liegt noch im Bett!", rief jemand aus der hinteren Hälfte des Busses.
„Oder sie verabschiedet sich gerade von ihrem Pferd!", stichelte jemand anders.
„Vielleicht auch beides!", gab noch jemand zum Besten.
Im Bus herrschte allgemeines Gelächter. Alle kannten Belinda. Sie verbrachte einen Großteil ihrer Freizeit mit ihrem Pferd Milton – und am liebsten bliebe sie auch noch nachts im Stall. Holly und Tracy hatten manchmal den Eindruck, dass Belinda ihr Pferd wichtiger nahm als den Mystery Club. Und das, obwohl der Club bei ihnen allen eigentlich an erster Stelle stehen sollte.

Der Mystery Club war sehr exklusiv. Holly hatte ihn gegründet und er hatte außer ihr nur zwei Mitglieder: Tracy und Belinda. Und obwohl sie nur zu dritt waren, hatten sie schon eine ganze Reihe von Kriminalfällen gelöst.

„Ruhe jetzt!", befahl Mr Fry der ausgelassenen Gesellschaft. „Es ist schon schlimm genug, dass uns das fehlende Verantwortungsbewusstsein dieses Mädchens aufhält, auch ohne dass ihr euch von eurer albernsten Seite zeigt."

„Mr Fry!" Der Busfahrer war jetzt wirklich nervös. „Wenn wir nicht sofort losfahren, kann ich nicht garantieren, dass wir rechtzeitig am Flughafen sind."

„Aber Sie können Belinda doch nicht zurücklassen", protestierte Tracy.

„Ach nein?", erwiderte Mr Fry. „Nun, da irrst du dich aber, Tracy Foster. Ich tue es sogar mit dem größten Vergnügen."

Der Gesichtsausdruck von Mr Fry verriet ihr, dass er es ernst meinte. Belinda war in seinem Deutschkurs. Und nachdem sie zwei Jahre lang ihre Hausaufgaben verspätet abgeliefert und im Unterricht ständig Pferdebilder gemalt hatte und zudem mit dem scheußlichsten Akzent der ganzen Klasse Deutsch sprach, gehörte sie eindeutig nicht zu seinen Lieblingsschülerinnen.

„Aber sie ist bestimmt schon auf dem Weg, Mr Fry", sagte Holly. „Dafür würde ihre Mutter sorgen. Bestimmt sind sie irgendwo aufgehalten worden. Spätestens in ein paar Minuten ist sie sicher hier."

Mr Fry seufzte abgrundtief. Alles lief schief, und sie waren noch nicht einmal gestartet. Allmählich kam es

ihm so vor, als gäbe es grundsätzlich Ärger, wenn diese drei Mädchen vom Mystery Club anwesend waren.
„Nur noch fünf Minuten, Mr Fry“, flehte Tracy.
Der Lehrer sah hektisch den Fahrer an. Dieser schüttelte den Kopf.
„Es hat keinen Sinn – wir müssen losfahren“, mischte sich eine Frauenstimme ein. Es war Miss Jackson, die Sportlehrerin. Ihr war klar, dass jemand eine Entscheidung treffen musste, wenn nicht die ganze Klassenreise gefährdet sein sollte. Und das würde sie auf keinen Fall riskieren. Sie freute sich genauso auf diesen Skiurlaub wie ihre Schüler. „Wir können nicht länger warten.“
Der Fahrer startete den Motor.
„Alle wussten, wann es losgehen sollte“, fuhr Miss Jackson fort. „Wir haben gewartet, so lange wir konnten.“
Das brauchte sie dem Fahrer nicht zweimal zu sagen. Er fuhr langsam vom Schulhof und hinaus auf die Straßen von Willow Dale. Kurze Zeit später hatten sie den kleinen Ort hinter sich gelassen.
„Und was machen wir jetzt?“, fragte Holly Tracy, nachdem der Fahrer das Radio eingeschaltet hatte und sie sich unterhalten konnten, ohne von jemandem belauscht zu werden. „Wie sollen zwei Drittel des Mystery Clubs irgendwelche Fälle lösen?“
„Wir gehen nur Ski laufen“, entgegnete Tracy. „Wir werden keine Fälle zu lösen haben. Basta.“
„Aber das stimmt doch nicht“, widersprach Holly. „Wir haben schon einen Fall – wir müssen herausfinden, was mit Belinda passiert ist.“
„Sie wird schon noch auftauchen“, sagte Tracy. „Ihre Mutter ist ein Organisationstalent, auch wenn sie selbst

keines ist. Sie würde für Belinda sogar einen Hubschrauber chartern, wenn es sein muss."
Holly lehnte sich in ihrem Sitz zurück. Tracy hatte Recht. Mrs Hayes gab nie auf. Wahrscheinlich wartete Belinda schon am Flughafen auf sie.
Minuten später war Holly eingeschlafen und träumte von Entführungen, gewalttätigen Einbrechern und Leuten, die auf geheimnisvolle Weise verschwanden.

Hollys Hoffnung, dass Belinda am Flughafen auf sie wartete, wurde enttäuscht. Überall wimmelt es von Leuten, die verzweifelt nach Kofferkulis suchten, um damit ihr Gepäck vom Taxi zu den Abflugschaltern zu befördern, aber Belinda war nicht darunter.
Die Abflughalle war unglaublich voll.
„Schalter 17!", brüllte Mr Fry. „Und beeilt euch. Die Schlange reicht jetzt schon fast bis zum Ausgang. Ich wusste, dass das passieren würde, wenn wir zu spät kommen", fügte er zu Miss Jackson gewandt hinzu.
Holly und Tracy ernteten finstere Blicke von ihren Mitschülern, als sie ihr Gepäck auf das Ende einer scheinbar endlosen Schlange zuschoben.
„Warum sind die sauer auf *uns*?", zischte Tracy Holly zu, als sie das Ende der Schlange erreichten. „Es ist doch nicht unsere Schuld, dass wir spät dran sind."
„Das stimmt", bestätigte Holly. „Aber es ist Belindas, und sie wissen, dass der Mystery Club immer zusammenhält."
„Wer sagt das?", fauchte Tracy. „Also, wenn Belinda jetzt auftaucht, werde ich ihr gehörig den Marsch blasen, so viel ist sicher."

Holly packte Tracys Arm. „Ich glaube, da ist sie!“, rief sie. „Sieh doch, da vorn!“ Holly zeigte durch die Menschenmassen auf eine Gruppe, die vor einem anderen Schalter Schlange stand. „Da war gerade eben eine Lücke, und ich konnte sie sehen. Zwischen der Frau mit dem Kinderwagen und dem Mann mit dem Holzbein.“
„Das ist kein Holzbein“, schnaubte Tracy. „Das ist ein Gehstock!“
„Das ist bei diesen Menschenmassen schwer zu sehen“, verteidigte sich Holly. „Aber ich bin sicher, dass sie es war. Sie hat diese grauenhafte gelbe Jacke an, die sie so liebt.“
Tracy starrte ins Getümmel. Dann schüttelte sie den Kopf.
„Also, ich sehe sie nicht. Was sollte sie da denn machen?“
„Sie steht vor Schalter 7 an“, sagte Holly. „Du weißt doch, dass sie blind wie ein Maulwurf ist. Bestimmt ist ihre Brille wieder mal beschlagen. Sie wird auf die Tafel mit den Abflugzeiten gesehen und die Nummer nicht richtig gelesen haben. Da ist sie wieder!“ Holly zeigte noch einmal auf Belinda.
Diesmal konnte auch Tracy einen kurzen Blick auf eine Person in einem gelben Anorak erhaschen, die sich tatsächlich einen Weg zu der Reihe vor Schalter 7 bahnte. Es war nur ein sehr kurzer Blick, aber es handelte sich zweifellos um Belinda. Die Person hatte Belindas kräftigen Körperbau, ihren typischen Gang und absolut keinen Geschmack, was die Auswahl ihrer Kleidung betraf.
„Pass auf mein Gepäck auf – ich hole sie“, sagte Holly.
Sich durch die überfüllte Halle zu bewegen, ähnelte

einem Hindernislauf. Überall standen Kofferkulis, Taschen und anderes Gepäck herum. Holly hatte sich kaum ins Getümmel gestürzt, als sie Belinda auch schon wieder aus den Augen verlor. Sie beschloss, sich zum Schalter 7 durchzukämpfen, in der Hoffnung, sie dort wiederzusehen.

Als sie dort ankam, war der gelbe Anorak jedoch nirgendwo zu entdecken. Dann sah Holly ihre Freundin plötzlich wieder. Sie war auf dem Weg zu den Toiletten.

„Belinda!", rief sie.

Belinda reagierte nicht. Das war kein Wunder. Über all dem Stimmengewirr, der Musik und den Lautsprecherdurchsagen konnte sie Holly unmöglich gehört haben. Also rannte Holly ihr nach und erwischte sie schließlich im Waschraum.

„Hab ich dich!" Sie packte sie an der Schulter.

Belinda drehte sich um. Sie machte ein entgeistertes Gesicht. Genau wie Holly. Es war nicht Belinda – es sei denn, sie wäre plötzlich um sechs oder sieben Jahre gealtert und hätte ihre britische Nationalität gegen eine japanische eingetauscht.

„Oh, tut mir Leid!", stammelte Holly und wurde rot. „Ich dachte, Sie wären meine Freundin."

Die junge Japanerin sah sie verwirrt und ein wenig ängstlich an.

„Ich habe mich geirrt", erklärte Holly. „Ich dachte, Sie wären Belinda."

Frauen starrten sie an, als überlegten sie, ob sie den Sicherheitsdienst rufen sollten.

„Ist alles in Ordnung?", fragte eine Frau, die aussah wie eine Inderin.

„Oh ja", versicherte Holly ihr. „Nur eine Verwechslung, das ist alles. Tut mir Leid", sagte sie noch einmal zu der jungen Frau, die nicht Belinda war, und flüchtete hinaus in die überfüllte Halle.
„Wo ist sie?", fragte Tracy.
„Es war nicht Belinda", musste Holly zugeben. „War das peinlich. Von hinten sah sie genauso aus wie Belinda."
„Du Ärmste", stichelte Tracy.
„Das ist nicht witzig", sagte Holly. „Ich hatte schon Angst, jemand könnte den Wachdienst rufen."
„Das hätte Mr Fry sicher gefallen!", sagte Tracy. „Er hat schon gefragt, wo du bist. Ich habe behauptet, du wärst zur Toilette gegangen."
„Das bin ich auch", sagte Holly. „Es hat eine Ewigkeit gedauert, sich durch diese Menschenmassen zu kämpfen."
„Das war eng, stimmt's?", fragte Tracy.
„Das kann man wohl sagen", bestätigte Holly und warf einen Blick auf ihre Uhr. „Aber nicht so eng, wie es für Belinda wird. Viel Zeit bleibt ihr nicht mehr. Unser Flugzeug startet in eineinviertel Stunden!"

Eine Stunde später verließen die Passagiere für den Flug LH 4391 nach Innsbruck den Abflugbereich. Die meisten der Winifred-Bowen-Davies-Schüler waren schon an Bord. Mr Fry bildete das Schlusslicht, um sicherzustellen, dass bis zur Landung in Österreich nicht noch mehr Schüler verloren gingen.
Holly und Tracy hatten längst die Hoffnung aufgegeben, dass Belinda noch kommen würde. Doch als sie die Gangway fast erreicht hatten, hörten sie auf der anderen

Seite der Tür zum Abflugbereich plötzlich einen unerwarteten Radau. Dort draußen schien ein Streit entbrannt zu sein, der außer Kontrolle zu geraten drohte. Die Passagiere sahen sich erstaunt um. Einen Augenblick später wurde die Tür aufgestoßen und eine verschwitzte und verlegene Belinda wurde hindurchgeschubst.

Hinter ihr erhaschten Holly und Tracy einen Blick auf eine wutentbrannte Mrs Hayes und mehrere gehetzt wirkende Flughafenangestellte, die aussahen, als wären sie gerade von einer Dampfwalze überrollt worden.

„Belinda! Sieh zu, dass du in dieses Flugzeug kommst!", befahl ihre Mutter. „Und ich sorge dafür, dass dich dieser Haufen von Bürokraten nicht daran hindert!"

Mrs Hayes warf die Tür zu, als wollte sie damit sicherstellen, dass keiner der Angestellten Belinda aufhielt.

Belinda sah ihre entgeisterten Freundinnen an.

„Ihr werdet nicht glauben, was mir heute alles passiert ist", sagte sie.

2

Ein Zusammenstoß mit Folgen

Belinda verbrachte die ersten dreißig Minuten des Fluges damit, den Grund für ihre Verspätung zu erläutern.
„Daran ist nur mein Vater schuld“, begann sie.
„Wieso? Ich dachte, er wäre auf Geschäftsreise“, unterbrach Tracy sie.
„Trotzdem ist es seine Schuld“, behauptete Belinda. „Ich habe ihm gesagt, dass unser Pferdetransporter ein Schrotthaufen ist. Und – hat er einen neuen gekauft?“ Belinda beantwortete ihre eigene Frage. „Nein, hat er nicht.“
„Und deswegen bist du so spät gekommen?“
„Nun“, sagte Belinda, „deswegen und auch wegen ein paar anderer Sachen.“
„Jetzt erzähl schon“, drängte Tracy.
Belinda ließ sich nicht zweimal bitten.
Milton sollte die Woche, in der Belinda auf Klassenreise war, im Reitstall verbringen. Ursprünglich hatte sie geplant, ihn schon am Vorabend hinzubringen, doch da war der Transporter nicht angesprungen. Als er endlich repariert war, war es zu spät, um noch loszufahren.

„Und deswegen musste ich heute Morgen um halb vier aufstehen“, beschwerte sich Belinda. „Aber auf halbem Wege ist das blöde Ding wieder zusammengebrochen. Mitten im Nirgendwo. Ich musste im Dunkeln über drei Felder laufen, bis ich endlich einen Bauern gefunden hatte, der uns helfen konnte.“

„Warum hast du nicht das Handy deiner Mutter benutzt?“, fragte Tracy.

„Weil es unter dem Sitz lag“, sagte Belinda.

Holly und Tracy sahen sie verwirrt an.

„Unter dem Sitz des Fernsehsessels im Wohnzimmer!“, erklärte Belinda. „Auf jeden Fall hat der Bauer versucht, uns bis zu seinem Hof abzuschleppen. Leider sind wir dabei im Graben gelandet. Um Zeit zu sparen, habe ich dann beschlossen, den Rest des Weges zu reiten, während meine Mutter auf den Abschleppwagen gewartet hat.“ Bei der Erinnerung daran runzelte sich ihre Stirn. „Ich bin querfeldein geritten, um schneller da zu sein, aber dabei habe ich mich total verirrt.“

„Das hört sich an wie die Handlung eines Comics“, stellte Holly fest.

„Es kommt noch schlimmer“, sagte Belinda.

„Bitte nicht“, unterbrach Tracy sie. „Verschone uns mit dem Rest.“

„Aber ich habe euch noch gar nicht von der Jauchegrube erzählt“, sagte Belinda enttäuscht.

„Lass es!“, bat Holly.

„Und auch nicht davon, wie meine Mutter auf dem Weg zum Flughafen wegen überhöhter Geschwindigkeit gestoppt wurde.“

…